新潮文庫

めぐみ園の夏

高杉　良著

新潮社版

11324

目　次

めぐみ園の夏

第一章　サレジオ学園で

1

「天国のような所ですよぅ。サレジオ学園に入れてもらえると亮ちゃんは幸せになれますからねぇ。伯母ちゃんも園長先生に一所懸命お願いしますからねぇ」

「……」

「お返事は？」

「うん」

「はい、でしょう」

亮平は訝しげな眼を伯母に注いだ。幸せになれる筈など無いと思ったからだ。家族がバラバラになってしまう。

杉田亮平は幼少期からずっとこの伯母が好きになれなかった。敬虔なカトリック教徒と聞いていたが、反感、不信感さえ覚えていた。

この日、昭和二十五年五月中旬の、日曜日の昼下がり。国鉄中央線武蔵小金井駅付近のバス停の前だ。五月晴れで、抜けるような澄み切った青空とは逆に、亮平の気持ちは重く沈んでいた。

伯母は手提げカバンと日傘を持っていた。グレーのスーツにハイヒール。黄色い花柄のネッカチーフも粋な感じだ。おしゃれだった。

杉田亮平は昭和十四年一月二十五日生れで十一歳。小学校六年生になって間もなかった。身長は百五十七センチだから背は高いほうだ。童顔に似合わず、好奇心が強く悪ガキだが、野球少年なので友達は多かった。

亮平の母方の伯母、横内早苗は母の百子より一回り年長で五十一歳だ。柔和な面立ちで得している。未亡人で母との年齢差故か、千葉県市川の杉田家に泊りがけでしばしば現れる。

言葉遣いは丁寧だが、百子にはいつも命令口調だった。

「こうなさい」「ああしなさい」「いけません」

亮平は二歳上の姉、弘子と四歳下の弟修二、九歳下の妹、百枝の四人兄弟だ。

早苗は亮平たちには百子を通して間接話法で叱ったり注意する。

やっと折り返しのバスが停車場に着いた。日曜日にしては乗客が多かったが、座れた。周辺は野原や田畑が広がっていた。

サレジオ学園ではグランドで野球に興じる子供たちの姿に亮平は心を奪われた。市川でも野球以外に楽しみがなかったせいだろう。しかも手狭なグランドしか確保できず三角ベースのことが多かった。

亮平がここで生活するのも悪くないと思わぬでもなかったのは、グランドが広々としていたからだ。

女子生徒の姿が無かった。サレジオ学園は孤児院だが、収容の対象は男子に限られているのだろうか。だとすれば、姉と妹とは離れ離れになってしまう。

市川の杉田家は崩壊していた。父の三郎が自宅と愛人宅を行ったり来たりしていたからだ。

野球観戦に夢中の亮平は早苗に肩を叩(たた)かれた。早苗は学園の事務所で女性事務員としばし話し込んでから、ネット裏に戻ってきたのだ。

「園長先生がお話を聞いてくれますからねぇ。さぁ行きましょう」

語尾を引っ張る声は早苗ならではだ。意識的にそうしているのは、相手に優しく聞こえると思っているからだろう。

事務所の一室で中年の白人の男性と対面した。詰め襟で黒ずくめの服装は、神父であることを示していたが、早苗に「神父様の園長先生にご挨拶なさい」と命じられて、亮平は直立不動の姿勢で「はい」と良い返事をした。

「こんにちは。杉田亮平です。よろしくお願いします」

「良い子ですね」

園長は亮平のいがぐり頭を撫でてくれた。

「わたしも君のような子供に来てもらえると嬉しいのですが、君の両親は元気で生きている。学園の規定では、孤児に限られているのです」

「そこをなんとかしていただけないでしょうかぁ。この子は学校の成績も優秀ですしい、性格も素直なんですの。特別扱いしていただけませんでしょうかぁ」

園長は大きく首を左右に振った。

「残念ながらあり得ません。ですからお手紙でもお断りしたのです」

亮平は園長の流暢な日本語にびっくりしたが、手紙の話は初耳だった。いわば門前払いなのに、早苗がなぜわざわざ自分を連れて押しかけてきたのか不可解だ。

「園長さまがこの子と面会してくださればぁ、万一ということもあり得ると期待しておりました」

園長は早苗を無視して、椅子から腰を上げて、亮平に身を寄せた。

「せっかくですから、園内を見て行くとよろしい。誰かに案内させましょう」

「僕、野球が見たいので、いいです」

むろん亮平はサレジオ学園がどんな施設なのか知る由もなかった。「天国のような所」と伯母は強調していたが、入園できないのだから、見学する意味はない。

亮平が強制的に連れて行かれたのはサレジオ学園が創設されて間もない頃だ。学費と生活費を支払えば入園可能だったのだろうか。孤児同様の扱いにして入園させろは虫が良すぎる。

グランドでは野球が続いていた。ユニホーム姿は一人もいなかったが、丸首シャツや半ズボンの少年たちの姿が亮平の目には清々しく映った。

亮平の身なりは、黒っぽい三つボタンの上着とズボンは野球のユニホーム。編み上げの靴がそぐわなかった。それにブルーの野球帽をかぶっていた。

野球帽は父親三郎の手製である。縫い目に乱れが無く、「亮ちゃんのお家にはミシンがあるのね」と近所の小母さんが仰天したほど見事な出来映えだ。当時、一般家庭にミシンなどある筈がなかった。

学園からの帰り、電車が新宿駅に着いた時、早苗は唐突に「亮ちゃん、降りますよぅ」と亮平の左手を引っ張った。

「山手線に乗り換えて、目黒の伯父さまのお家へご挨拶に行きましょう」

父方の伯父の杉田保(たもつ)は開業医だった。三郎の兄は二人で、潔(きよし)と保、妹は久美子(くみこ)だ。

亮平と早苗は新宿駅のホームで立ち話になった。

「伯父さまにお父さんとお母さんのことをお知らせしておきましょう。今、気がついたのよぅ」

「僕一人で先に帰りたい。キップをください」

「いけません。伯父さまには大変お世話になっているのですから。ご挨拶ぐらいしなければねぇ」

「僕やっぱり先に帰りたい」

「聞き分けのないことを言ってぇ。亮ちゃんはいつからそんなに悪い子になったのぅ」

早苗は険しい顔になった。切れ長なので嫌な目だ。

力ずくで亮平を引っ張って行くことは無理と気づいたらしい。

早苗は作り笑いを浮かべて、急に優しい声になった。

「実はねぇ、伯父さまにはお手紙で連絡してあるの。首を長くして、亮ちゃんが来るのを待っていると思うわ。顔だけでも見せてあげましょう。夕食をご馳走になるのもなんですから、帰りに伯母ちゃんと何か美味しい物でも食べましょう」

亮平は嫌な予感がした。サレジオ学園に連れて行かれたことも腑に落ちない。

両親の仲が切迫しているのは身に滲みて分かっていた。しかし伯父を巻き込むのは子供心にも理解できなかった。

「お願いですから伯母ちゃんの言うことを聞いてねぇ。亮ちゃんの好きなご本をお土産に買ってあげましょう」

「うん」

亮平は心ならずも返事をしてしまった。伯母はなにか魂胆があるに決まっている。単身、伯父宅に乗り込むのも厭わない人だが、僕が一緒のほうが都合がよいのだろうと亮平は思った。

2

杉田保はただの町医者ではなかった。大物医師である。第二次世界大戦中、軍医少佐でドイツに駐在していた。

岐阜県揖斐郡池田村の出身で、県立大垣中学始まって以来の秀才と謳われ、旧制第八高等学校も東京帝国大学医学部も特待生で授業料を免除された上に東大では恩賜の銀時計を授与されていた。

むろん旧制だが、中学・高校時代は耳が潰れるほど柔道にのめり込んで、高校でも特待生だというのだから、亮平にとっても自慢の伯父だった。

だが、父三郎との格差、落差を思うにつけ、伯父に会うのがためらわれたし、辛かった。切なくもある。

目黒駅に近い「杉田医院＝内科・小児科・レントゲン科＝」の看板を目の当たりにした時、亮平は足が竦んだ。その場から逃げ出したいくらいだった。

早苗は気丈なのか図々しいのか、診療所兼住居のベルを押していた。

「杉田百子の姉の横内早苗と申します。亮平君を連れて参りました」

「どうぞ」

女性の声が聞こえた。急患でもあったのか看護婦と察せられた。

「亮ちゃんは診察所の待合室で待ってなさい。何か用があったら呼びますからねぇ。子供が聞く話でもないでしょう」

早苗は優しい顔をして、猫撫で声で言った。

『そんなのありか。話が違う』と亮平は心の中で反発し、ふくれっ面を見せた。

伯父も伯母も待合室に姿を見せなかった。

そこに従兄の弘がやってきた。

「亮ちゃん、しばらくだね」

「はい。こんにちは。治ちゃんは元気ですか」

「うん。勉強中だから、ここには来ないよ。込み入った話で、長くなりそうだ。疲れたら長椅子に横になったらいいね」

杉田弘は亮平より八歳上で慶應義塾大学医学部二年生だった。

弘の弟の治は亮平と同じ歳だ。

弘が運んできたカルピスの美味しさといったらなかった。からからに喉が渇いていたこともある。〝初恋の味〟とか言うらしいが、カルピスにありついたのは初めてだった。サレジオ学園では水一杯出なかった。無理矢理押しかけたのだから仕方ない。

一方、早苗と保は向かいあっていた。

「わたくしは三郎さんと百子の結婚には最初から反対でした。あなた方のお父さまが自殺されたと聞いていたからです」

「その話は、われわれ兄弟の間では口にしないことになっているが……」

「知り合いの方の保証人になって、多額の借金を背負わされ縊死されたと伺っています」

「そんなことまで」

保は眉をひそめて呟いた。ひたいが広く縁なし眼鏡の奥の眼は二重瞼で、優しげである。

「父の自殺がお気に召さないと言われるが、三郎の結婚とは無関係でしょう」

「そうは思いません。それ以上に気になったことに、百子の前に、恋愛沙汰があったやに聞き及んでおります」

「初耳です。三郎と百子さんは千代田生命の経理部時代に相思相愛の仲で結婚したのと違いますか。要は当事者能力の問題です。あなたがどうこう言うのはおかしいでしょう」

「三郎さんは今現在、三人の子連れの女性と恋愛中です。わたくしは、百子の母親代りの姉として、三郎さんを許す訳には参りません。どうかお察しくださいませぇ」

「つまり離婚させたいと考えているのですね」

「おっしゃる通りです。選択肢がほかにありますでしょうかぁ」

「三郎が天津の米穀統制会にスカウトされて、経理課長で単身赴任したのは、わたしがベルリンに行ってた時代と重なるが、三郎が為替を市川の家にたくさん送っていたという話を聞いている。あなたも、その恩恵に浴したんじゃなかったのかね。百子さんの母親代りと言われましたね。百子さんのわがままは、あなたの責任でもある」

「恩恵なんて、とんでもない。百子のわがままは認めます。末っ子なので、あまやかして育てた両親に責任があります。わたくしにもないとは申しません。しかしながら、三郎さんに比べてどうなのでしょうかぁ」

早苗は応接室のソファで終始にこやかに話していた。

保のほうは苦り切った顔だ。

「五十歩百歩でしょう。ま、愚弟というしかないし、三郎が問題児であるとは思う。性格が多少いびつであるかもしれない。それだけ苦労もしているからかも知れんがね」

早苗が緑茶を飲んで、湯呑(ゆの)みをテーブルに戻した。

「きょうサレジオ学園に亮ちゃんを連れて行って参りました。あの子だけでもなんとか入園させたいと思ったからでございます。頭の良い子です。もちろん、ほかの子供たちをないがしろにするつもりはありません。わたくしなりに、必ず百子と子供たちを守る覚悟でございます。ついてはお力添えのほど切に切にお願い申し上げる次第でございますぅ」

早苗はソファから離れて、這いつくばった。しばらく顔を上げない早苗に保はいらだった。

「わたしに無心する前に、あなたのご実家の深谷家でなんとかしたいと考えるのが筋だと思いますがねぇ。あなたがたのお父上は、台湾総督府の祐筆までされたんじゃなかったですか。われわれ岐阜の百姓の倅とは格が違いますよ」

保の口調は相当に皮肉っぽかった。事実は保たちの父親は薪炭業を手広く営んでいた。

「申し訳ありませんが、父も母も早逝でしたので、わたくしたちは貧しゅうございます。百子は働いて必ずお返しすると申しております」

「その当てはあるのですか」

「はい。竹田の宮様のお屋敷に女中奉公することに決まっております。女中頭みたいな立場でございます」

「ほおぅー。竹田の宮様ですか」

「はい。高輪にお屋敷がございます」

「承知しています」

保の口吻（こうふん）がやわらいだ。琴線に触れたのだ。

保は学生時代、妹の久美子に世話になったことを思い出したのである。

久美子は旅館などの女中や飲食店の店員をしながら兄の保を支えた。医学生は猛勉強しなければならない。保の生活の面倒を見たのは久美子である。三郎より一歳下で心の温かい妹だった。

「それと、百子がわがままなことは認めますが、あなたがたのお母さまの面倒をいちばん見ていたのは百子だと思いますが……」

保は顔をしかめた。痛いところを突かれたのだ。

亮平の父方の祖母くりと保の妻須賀子（すがこ）とはソリが合わず、目黒の杉田保家がくりの世話をしたことはなかったのである。

「五十万円でしたかねぇ。そんな余裕はないが、せいぜい二十万円ですか。張り込み過ぎだが、なんとかしましょう」

「ありがとうございます。百子も子供たちも泣いて喜ぶことでございましょう」

早苗は再び土下座した。五十万円は言い値で五分の二なら御の字だと言わんばかりに、ほくそ笑んでいた。

亮平はカルピス一杯で小一時間待たされただけで、伯父にも伯母にも会えずじまいだった。

亮平と早苗が目黒駅近くの蕎麦屋のテーブルで向かい合ったのは、午後六時過ぎだ。亮平は天丼をふるまわれた。

「保伯父ちゃんは元気だったの？」

「お元気でしたよ。お忙しそうだったので、亮ちゃんとお話するのは遠慮しました。よろしく言ってましたよ」

「サレジオ学園へ行ったことは話したの」

「もちろん話しましたよぅ。残念がっていました」

「僕たちこれからどうなっちゃうのか心配してる。お母ちゃんと一緒に暮らせないのかなぁ。そうじゃないと百枝が可哀想だもの。七月二十七日で三歳になるけど、可愛いから、僕大好きなんだ」

「兄弟四人が一緒に暮らせることを考えましょうかねぇ。お母さんは働かなければなりません」

「市川のお家は誰が住むの？」

「もう決まってるの。お父さんがお金欲しさに大家さんと相談して譲る人を決めてしまったのよ。借家権のお金が結構あったのでしょう」

「ふうーん」

「夏休みまでに福祉施設を探しますからねぇ。天国のような所がきっとあると思うのよ。伯母ちゃんに任せなさい。亮ちゃんは安心して勉強すればいいのよぅ」

「今の小学校は一学期でおしまいなんだ。せっかく新しい友達が出来たのに、つまんないなぁ」

「新しい学校に、お友達はいくらでもいるから安心なさい」

「福祉施設から学校へ通えるのかなぁ。だとしたらサレジオ学園とは違うんだ」

「そうねぇ。でもサレジオよりもっと素晴らしい所かも知れませんよ」

天丼を食べながらの話になった。

早苗はゆっくり、亮平はいつもながらがつがつかき込んだ。

「伯母ちゃん、お父ちゃんにサレジオ学園のこととか、目黒の伯父ちゃんのことは話さなくていいの」

「そんな必要はありません。あなたたちはお父さんに捨てられたんです」

「僕、小岩の小母さんに何度も会ってるけど、好きでも嫌いでもないんだけどなぁ」

「亮ちゃん、あんな女のどこがいいの。原節子似の派手な顔してるけれど、心は鬼ですよ。もう二度と会ってはいけません」

「……」

「亮ちゃんはお母さんとお父さんのどっちが好きなのかなぁ」

「お母ちゃんに決まってる。お父ちゃんはすぐ頭や顔をぶつから嫌いだ」

「そうでしょう」

早苗は心底うれしそうにえくぼを作った。

3

杉田亮平は帰りの電車の中で何故(なぜ)か昨年のことを思い出していた。早苗は亮平に寄りかかって居眠りしている。

昭和二十四年八月三十一日にキティ台風が来襲、関東地方は多大な災害を受けた。江戸川の一部が氾濫(はんらん)し、市川橋が通行止めになっている。

母が井戸端会議で聞いた話を耳にした亮平は昼食後、弟の修二を連れて、先(ま)ず市川小学校へ行った。

グローブを持つことを忘れなかった。クラスメートが必ず来ている筈だ。この日は休校だったが、教師も高学年生徒も登校している者が少なくなかった。

校庭のど真ん中に聳え立つプラタナスの大木が根こそぎ倒されていた。風速三十メートル強の台風の威力は凄まじい。

プラタナスは市川小学校のシンボル的存在だっただけに、教師、生徒たちのショックは小さくなかった。後日分かったことだが、回復不能と判断され、切り刻まれて廃木となった。

亮平に気づいたクラス担任の高橋光芳が笑顔で近づいてきた。

「杉田、プラタナスが心配だったのか。違うな。野球をしに来たんだろう。プラタナスが倒れてしまって、この状態じゃ野球もドッチボールも無理だな。先生たちはプラタナスを生き返らせられるかどうかを考えなければならない。木川や下山や芝崎たちも今帰ったところだ。おまえも野球は諦めて帰ったほうがいいな」

亮平はグローブを後手にした。だぶだぶのユニホーム姿が気恥ずかしかった。

「じゃあ、先生は教員室へ行くからな」

「はい」

「まっすぐ家に帰れ。宿題はすんだのか」

「宿題はとっくに終りました」

「そうかぁ。おまえはせっかちだからな。いいから帰れ」

「はい」

高橋先生は二年生からの担任教師で、年齢は二十五、六歳である。眉が濃く、二重瞼できりっとした面立ちだ。生徒に厳しくもあり、優しくもあった。素晴らしい教師だと亮平は尊敬していた。

「兄ちゃん、もう家に帰ろうよ」

「だったら一人で帰れ。僕は市川橋を見に行くぞ」

弟は兄に絶対服従だ。兄の好奇心の強さを子供心にも分かっていたのだろう。

市川小学校から江戸川の土手まで徒歩二十分ほど要したろうか。

おびただしい人波で、あふれかえっていたが、二人の少年は人々の間をすり抜けて鉄橋に辿り着いた。江戸川の水位は高く、濁流の流れが速い。

「雨も凄く降ったんだ。川の水が多いし濁ってるな」

「うん。僕、怖いよ」

「おまえは怖がり屋だからダメなんだ。怖い物見たさがもうちょっとないとなぁ」

「……」

「まだ橋が通行止めになってるから、小岩側へは行けないな。しょうがない。帰ろうか」

六年生になった時、市川小学校が生徒数の関係で、分校が必要になり、総武線を挟んで千葉方面に向かって右側の一角に宮田小学校が開校した。

高橋先生は亮平に目をかけてくれ、新設の宮田小学校に転校が決まった時にどれほど別れを惜しんでくれたか分からない。

「たまには顔を見せてくれよ。宿直の時にでも来てくれると、ゆっくり話ができるなあ。学校の電話番号は分かってるな」

「はい。知っています」

「だったら、いつ電話してくれてもいい。待ってるぞ」

亮平は息を呑んだ。転校直後から家庭のごたごたが始まったのだ。もうそのチャンスはないと思わなければいけない。高橋先生に近況や事情を話す勇気もなかった。

居眠りしている早苗を起こして、市川駅で降りる時、亮平は何故キティ台風を思い出したのか自分でも分からなかった。

市川駅周辺に露天商は少なく、ヤミ市から立ち上がったマーケット街が整備されつつあった。占領軍のジープと白いヘルメットを被ったMPの姿も激減した。

この年、昭和二十五年六月二十五日に朝鮮動乱が勃発、北朝鮮軍の怒濤の進撃で三日後の二十八日には京城（ソウル）が陥落する。

朝鮮動乱によって、インフレ不況にあえいでいた日本国が戦争特需によって息を吹き返したことはなんとなく亮平にも理解できた。神風が吹いたとも言われた。

米国のトルーマン大統領は七月七日、全米に徴兵法を発動、翌八日、国際連合軍最高司令官にマッカーサー元帥（GHQ＝連合国軍総司令部＝最高司令官）を任命した。

同月十四日には国連加盟三十二か国が韓国への軍事援助を決議している。

マッカーサー元帥は七月八日に日本政府（第三次吉田茂内閣）に対し国内警察力と海上警察力の拡充強化を指令、八月十日には警察予備隊令が公布施行された。警察予備隊が自衛隊の前身であることは言を俟たない。

米軍を主力とする国連軍は九月十五日に韓国仁川に奇襲上陸し、反撃に転じた。ソウルを奪回したのは同月二十六日だ。

十月十九日には北朝鮮の首都、平壌に突入し、十一月二十一日には中朝国境に到達した。

だが、中共軍が突如参戦、大量の兵士を投入して大反撃を開始し、戦争の様相は一変する。

突如参戦は実際とは異なる。毛沢東と金日成の会談などによって中共軍は周到に準備し、手ぐすね引いてタイミングを計っていたのだ。

昭和二十六年一月四日には、国連軍はソウル・仁川から撤退を余儀なくされた。しかし国連軍は三月二十七日に三十八度線を突破し、戦線は膠着状態となった。

トルーマン大統領がマッカーサー国連軍最高司令官を解任し、後任にリッジウェー中将を任命するのは四月十一日のことだ。

前年十月十五日にウェーキ島で、トルーマン大統領とマッカーサー元帥は朝鮮問題について討議した。元帥は中国への原爆投下を主張し、大統領が反対したことが解任の根拠とする説もある。

日本国内では昭和二十五年七月十一日に日本労働組合総評議会（総評）が結成されたのを機にGHQによるレッドパージ旋風が巻き起こる。

世の中が騒然とする中で、杉田家は家庭争議の最中だった。

4

亮平が伯母の早苗にサレジオ学園と目黒の伯父、杉田保宅に連れて行かれた二週間後の日曜日の午後三時に、保が市川の自宅に来ることになった。

保から来訪の予定を書いた手紙が郵送されてきた時、三郎は不在だった。しかし、保来宅の前々日に市川の家に立ち寄って、手紙を読んだ三郎は待機せざるを得なくなったのだ。

「亮平は家にいて、目黒の伯父さんにお茶ぐらい出すようにしなさい。カルピスをご馳走になったのはおまえだけだからね。お母ちゃんたちはお友達の所へ出かける。帰りは夜遅くなるよ」

百子はそう言い、兄弟たちを連れて午前十時に外出した。

三郎が麻のスーツ姿でやってきたのは正午を五分ほど過ぎた頃だ。

亮平は半袖（はんそで）のシャツに半ズボンだった。

「おまえだけなのか」

「うん。お母ちゃんにお茶を出すように言われた。帰りは夜だって」

「ダメな奴（やつ）だ。お茶を出すのはあいつの役目だろうに。なんの役にも立たん」

三郎はぎょろ目を剝（む）いて、百子をののしった。目も鼻も大きく、頭髪はごま塩で豊富だ。二枚目半ぐらいの所だろうか。身長は百六十センチ。小柄だが、骨太でがっしりしていた。

三郎の年齢は四十三歳。百子は三十九歳。百子は長身なので、蚤（のみ）の夫婦だ。

三郎は家中を見て回り、何度も舌打ちした。ちらかしっぱなしだったからだ。

洋室は近頃頻繁に出入りしている早苗の専用室と化していた。

居間の六畳間と八畳間を掃除したのは三郎だった。八畳間は三方が縁側で囲まれていた。北側の角の便所は立ち小便ができる男子用と大便用の二つあった。八畳間には床の間があり、漢詩の掛け軸も飾られてあった。客間兼寝室である。

「昼飯はどうしたんだ」

「素麺（そうめん）を食べろって言われてる」

「おまえは母親に似て不器用だ。作れるのか」

「お母ちゃんが作るのを見ているから。乾麺を茹（ゆ）でて、水で冷やすだけだもの」

「茹で加減はおまえには分からんだろう。お父ちゃんが作ってやる」

三郎は料理上手でもあった。

素麺のつゆも百子より遥（はる）かに旨（うま）かった。

「時間はたっぷりあるな。兄貴と話すのに、素面（しらふ）という訳にはいかん。おまえにお使いを頼もうか」

三郎は鰐革（わにがわ）の大きな財布を背広の内ポケットから取り出した。三郎の手製で天津時代にこしらえたという。この程度は朝飯前だった。

亮平が腰を抜かすほどびっくりしたのは千円札を見せられたからだ。

手渡された時、右手の震えを制しかねた。

半年ほど前、正確には昭和二十五年一月七日に発行された日銀券である。

表面は聖徳太子、裏面は法隆寺夢殿だが、亮平には外国の紙幣のような感じがしてならなかった。

「お父ちゃんはどうしてこんなお金を持ってるの？」

「小岩の小母さんから貰(もら)ったんだ。小母さんは亀戸(かめいど)の料理屋で働いている。お父ちゃんは失業中だから、髪結いの亭主みたいな立場なんだよ」

「髪結いの亭主ってなんのこと？」

「パーマ屋は分かるか」

「うん」

「パーマ屋は女房が働いて、亭主はぶらぶらしてるだろう。その代り掃除やら家事は亭主の役目だ。今のお父ちゃんの立場もそんな所だ。情けないったらないな」

「うん。情けないったらないね」

亮平は鸚鵡(おうむ)返しに言った。

「バカヤロウ！　親に向かって、なんていう言い種(ぐさ)だ」

三郎はさかさまにした菜箸で亮平の頭をしたたかに叩いた。

「目黒の兄貴の用向きが何なのか、おまえは知ってるんだろうな」

「ううん。知らない」

「おまえ、早苗さんとサレジオ学園とかに一緒に行ったんじゃなかったのか」

「行ったけど、入れてもらえなかったし、目黒で伯父ちゃんにも伯母ちゃんにも会ってないもの」

母と姉の対話を聞いておおよそのことは分かっていたが、亮平は話したくなかった。

「まあいい。とにかくお使いに行って来い。一級酒一本と……」

「僕、行かないよ。お店で千円札なんて持ってたら怪しまれるだけだもの」

三郎はむすっとした思案顔を天井に向けて、腕組みした。

「百円札はないの？」

「あとは小銭だけだ。よし、お父ちゃんが買い物に行ってくる」

三郎はネクタイを外して、札入れを背広の内ポケットに仕舞った。

買い物から戻ってきた三郎は、背広を脱ぎ、腕まくりして料理に取りかかった。鼻唄まじりにいそいそした感じで、魚をさばいている。亮平は流しの脇から、ずっと〝料理人〟を観察していた。

「初鰹の生きの良いのが手に入った。亮平の分も用意しておくから後で台所で食べたらいいな」

三郎は鰹を三枚におろし、刺身にして、皿に盛りつけて行く。亮平は三郎の包丁をふるう手の鮮やかさにある種の感慨にとらわれた。

父の手料理は、きょうで最後になるのだろうか。二度とこうした場面に接する機会はないに相違なかった。

徳利や猪口など台所の棚から色々な物が消えていた。出刃包丁があるのが不思議なくらいだ。三郎は家に寄るたびに、小岩の女の家にこっそり運び出していた。

母は下戸だから酒器のたぐいは当然であったし、大島紬の着物や丹前、背広、下着類など父の身の周りの物も然りだった。

しばらくすると、保がやってきた。開襟シャツに薄茶色の上着を羽織っていた。

手土産の塩せんべいの包みが亮平には嬉しかったし、「こないだはご苦労さんだった」と声をかけられたことは、それ以上に嬉しくてならなかった。

保は床の間を背にどかっとあぐらをかき、三郎がかしこまって向き合った。三郎はメモを用意していた。

「亮平は出てなさい」

「はい」

八畳間と居間の六畳間を隔てているのは襖（ふすま）だったので、二人の話し声は筒抜けだ。

亮平は襖にあったわずかな隙間（すきま）から二人の様子を窺（うかが）っていた。

「真昼間からコップ酒は勘弁してくれないか」

「一杯だけで結構ですから、つき合ってください。兄貴とこうして対面するのは久方ぶりですし」

「おまえの顔を見るのも嫌なんだ。きょうが最後と思ってもらいたいくらいだ」

「別れのコップ酒ですか」

「おまえも覚悟の上なのか」

「兄貴に見限られたら、どう仕様も無い」

保も三郎もアルコールには、めっぽう強い。

一升瓶が空になるかも知れないと亮平は気遣った。

「おまえが羽振りがよかったのは天津にいた時だけだったことになるのか。百円紙幣をばら撒（ま）きながら、天津から五日足らずで九月初めには舞鶴に引き揚げてきたんだったな」

「ばら撒くは大袈裟（おおげさ）です。チップをはずんだくらいの所ですよ。紙幣をコヨリのように小さく丸めてさりげなく手渡したんです」

「わたしはベルリンを脱出してUボートで帰国するまで何十日間も要した。それも命からがらUボートで海の底を這うようにしてな。生還できたことが不思議なくらいだ」

「ドイツ駐在の主席軍事委員で病弱な野村直邦(なおくに)中将に付き添って帰国し、無事に責務を果たしたのですから、兄貴は立派ですよ。末期とはいえ、戦争中と戦後では訳が違います。少佐の位(くらい)は軍医としてはトップクラスでしょう。帰国途上に中佐に昇格したのでしたかねぇ。マッカーサーの公職追放で国立病院の内科部長職を失い、目黒で開業出来たのは幸運だったと思います」

「おまえは不運だとでも言いたいのか。身から出た錆(さび)なんじゃないのかね」

話が途切れた。三郎が中腰になって二つのコップに一升瓶を傾けたからだ。

「僕は帰国後、岐阜の田舎から屈強な二人の若者をこの家に呼び寄せました。成田の農地が入手できる手筈になっていたからです。ところが、第一次農地改革法がGHQに許可された為(ため)に、牧場経営は見果てぬ夢で終りでした。事実はGHQ発と考えられますが。僕は大きな損失を出し、さんざんな目に遭いました。この話を兄貴にするのは初めてです」

農地調整法改正公布（第一次農地改革）は昭和二十年十二月二十九日、同改革法案がＧＨＱに提出されたのは昭和二十一年三月十五日である。

成田の大地主が小作人に農地の放出を命じられたのは事実だった。

「そのあとすぐ青森のりんご園と製塩業で会計の手伝いをしたのです。作家の平田小六さんという方にお世話になりましたが、長続きしませんでした」

「その次は何だ。労農通信社じゃなかったか」

保のじろっとした目に怒りが宿っていた。

「これからは左翼の時代などと口車に乗せられたほうが間抜けだとおまえの顔に書いてあるな」

三郎は保からごつい手をぐっと突き出されて、のけぞった。

「つい最近まで調子は良かったんです。文句があるんならマッカーサーに言ってくださいよ」

三郎はふてくされたように言って、コップ酒を呷った。

マッカーサー元帥が二十四名の共産党幹部の追放を指令したのは昭和二十五年六月六日だから、十日ほど後のことだ。三郎は労農通信社を退職していた。

「おまえは共産党の秘密党員だとか大法螺を吹いていたが、徳田球一などの幹部と一緒に地下に潜行しなくていいのかね」

「兄貴が冗談だか皮肉だかをのたまうのは珍しいですね」

三郎はしれっと返した。立場上、なにを言われようが、馬耳東風と聞き流すしかなかった。

「呆れて物が言えんが、おまえ離婚するのは本気なんだな」

「だって仕方がないじゃないですか。百子は早苗っていう姉の命令に従うって言ってるんですから。百子のほうから言い出したことなんですよ。世話になっている兄貴に茶の一杯も出さずに、あいつはここにおらんのです。家事の類いはまったくなっていません。天国のような福祉施設があるって言ってるんですから、そのほうが子供たちのためになるんじゃないですか」

「おまえ、よくもそんな薄情なことを。天国のような福祉施設が存在すると思っておるのか！　恥を知れ！」

伯父は口が重い。亮平には伯父が、軽くて饒舌な父に腹を立てるのはよく分かった。

「百子がどう仕様も無いわがままなことは、義姉さんがよくご存じです。岐阜の疎開先でもひと月とはもたず、市川に戻ったっていうのだから、話になりません」

三郎が天津から百子に手紙で空襲の危険を知らせたのは昭和二十年四月初めだ。軍属なので当局に開封される心配はなかった。

手紙の趣旨は「東京も市川も米軍の空襲がある。直ちに岐阜の長兄宅へ疎開すべし」だった。

亮平は市川国民学校へ入学した直後で、校長室で内田校長が嫌な顔をしたのを覚えていた。

しかも疎開先の池田村では「集団疎開に非ず」を理由に転校を認めなかった。毎日、退屈をもてあましたが、杉田家長男の潔の次男、守也に連れられて治君と山歩きして野いちごを食べたことが印象深い思い出だ。

底蓋が浮き上がる五右衛門風呂には最後まで馴染めなかった。

一緒に疎開した都立第五中学校優等生の弘に全優の通信簿を見せびらかされたのも記憶に残った。

五月上旬に市川に戻ったものの、内田校長に再入学を拒否された。高圧的で意地悪な校長だった。

亮平は八月十五日の終戦後、再入学を許可された。

保は言った。

「おまえは子供たちの教育費も生活費も出しておらんらしいじゃないか。離婚を迫られても仕様が無い立場じゃあないのかねぇ」

「それはごく一時的なことですよ。早苗っていう人を買いかぶらないほうがよろしいと思います」

「生活費とか支度金とかで大金を無心されたが、おまえの存念のほどが聞きたい。繰り返すがこれを機におまえとは兄弟の縁を切りたいと思うが、それでいいのか」

「大金って、いくらですか」

「二十万円だ」

「二十万円も。兄貴がそんな大盤振る舞いをしたとは知りませんでした」

憎まれ口を叩く三郎に愛想が尽きたのか、「おまえの顔は二度と見たくない。帰る」と、保は捨て台詞を吐いて起ち上がった。

亮平は居間から台所へ移動した。怒髪天を衝いた伯父の顔を見るのは忍びなかった。それ以上に伯父から二十万円もせしめた早苗を許せない思いが強く、多感な少年の心は深く傷ついた。母と姉の会話で十万円と聞いていたのである。

卓袱台の上にベルリンに駐在中だった伯父が七年ほど前に送ってくれたA判の大きな絵本を広げて置き放しにしておいたが、伯父が気づいてくれたかどうかも少し気になった。

保が硝子戸の音を立てて玄関から出て行くのを三郎は見送りもしなかった。

亮平は胸をドキドキさせながら居間に戻ると、絵本が閉じて置いてあった。亮平は嬉しくて涙がこぼれそうになった。

頭髪が顔よりも数倍ほどある少年が両手と両足を広げて立っている。衣服はまとっているが、手の爪の長さが異様だった。ドイツ製のカラーの絵本で、髪ぼうぼうの少年の姿は夢に現れたほど怖ろしくてならなかった。

「不精して、こんな姿になってはいけないという教えだね」と、母が意訳してくれたものだ。

本書のタイトルは「Der Struwwelpeter（もじゃもじゃペーター）」で、ドイツの子供向け絵本だ。

テーブルでじっとしていられずあばれる男の子や、マッチで火遊びして焼け死ぬ少女など怖い話ばかりだが、〝髪ぼうぼうの少年〟は亮平の印象に残っていた。

亮平はぼんやりと弟のことを思い出していた。戦争中、弟の修二は二歳になっても歩けなかった。

いざったり、這い這いしたりで立ちあがれなかったのだ。母がおんぶして市ヶ谷の陸軍病院へ通院できたのも伯父のお陰である。ビタミンDの不足によるという医師の見立てで、ビタミン剤の投与を受けていた。修二は三か月ほどで歩けるようになった。

思えば目黒の伯父には世話になりっ放しであった。

そういえば最前、父と伯父の話の中に平田小六の名が出てきた。亮平にとって懐かしい人だ。

平田小六は昭和八年に「文化集団」に連載した「囚はれた大地」が「島木健作に一歩先んじるプロレタリア文学の新星」（平野謙）、「最近のプロレタリア文学のなかで最もすぐれたものの一つ」（森山啓）、「過去のいかなる左翼的農民小説に比しても、一頭地を抜くものである」（亀井勝一郎）などと激賞され、雑誌発表時から反響を呼んだ。

しかし、平田は戦時中、軍部に睨まれ文筆活動が制約され、自由に執筆できなくなったため、昭和十三年、中国へ渡り、現地の京津日日新聞社に従軍記者として勤務した。

父の三郎は昭和十七年に天津の米穀統制会に勤務していた時に、平田と交友関係が生じた。

年齢は平田のほうが四歳上だが、軍属の三郎は羽振りが良かったので、「北支では平田さんの面倒を見た」と話していた。

戦後、三郎のほうが一年ほど早く帰国した。

平田小六がよれよれのオーバーコートを羽織って市川の杉田家を訪ねてきたのは昭和二十一年十二月上旬の某夜だ。

大きくて隆い鼻の顔立ちと豪快な笑い声が印象的だったが、心優しい人で亮平はすぐに好きになった。後年、父が平田の世話になろうとは夢にも思わなかった。

亮平は初めて会った時の平田の笑いながらの話が忘れられない。

「市川駅前の露店で、百円札を出して晒し飴を全部くださいと言ったら、ふざけるな！って大きな声で怒鳴られた。たったこれだけしか買えませんでした。内地のインフレがかくまで酷いことになっていたとは信じられん」

平田は青森訛の標準語で高笑いしながら、十五、六本の晒し飴を広げて見せた。晒し飴は水飴を精製して得られる棒状の飴で、なによりのおやつである。

平田は居間の新しい掘火燵をもの珍しそうに見て言った。

「杉田家は豪勢ですなぁ。暖房は練炭ですか」

「掘火燵は僕の手作りです。材料集めに難儀しました。それと畳に穴をあけるのがひと苦労でした」

「あんたは大工になっても、料理人になっても一流になれたでしょう。天津でも色んな物を作って、周囲の者をびっくりさせていた」

三郎がまだ牧場経営の夢を見ていた時代である。

火燵の上の正方形状の一枚板は角が丸みを帯びている。卓袱台代りだ。

平田と三郎はよっぴて酒を酌み交わしながら天津時代の話に花を咲かせていた。

「八路軍は強かったなぁ」

「取材で前線に行かれたんですか」

「行こうと思っただけで、到底無理です。逃げるのがやっとだった。兵器、弾薬は国府軍から奪った旧式の物がほとんどだった。結局は人間の量の差でしょう。湧き出るように兵隊が集まってくる」

蔣介石の国民政府は昭和二十一年五月一日に重慶から南京に遷都、二十四年十二月には台湾に逃れざるを得なくなった。

因みに日本で十一年ぶりにメーデーが復活したのは昭和二十一年五月一日だ。

亮平は尿意を催したので、八畳間へ行くと三郎は一升瓶をあけて、いぎたなく寝入っていた。

亮平は用を足して、もう一度、父の顔を覗き込んだ。吐く息が熟柿臭かった。

「天国のような福祉施設が存在すると思っておるのか！」と父に浴びせかけた伯父の声が蘇（よみがえ）ってきた。

父さえいなければサレジオ学園に入園できた可能性があった。父が天津で八路軍に殺されていれば……。ふいに、そんな思いにとらわれた自分を亮平は恥じ入った。

だが、亮平はサレジオ学園が天国のような所と思えてならなかった。

三郎は寝返りを打とうとした時、食卓に脚をぶつけて眼を覚ました。

「兄貴は帰ったんだな」

「うん」

「なにか話したのか」

「ううん。台所にいたので話してない。伯父ちゃん怒ってて怖かったから」

「兄貴にあんなに大きな声出されたのは初めてだ」

「どうしてそんなに怒られたの？」

「いろいろ迷惑をかけてるからなぁ。失業の身だから、何を言われても仕方がないが、おまえたちは福祉施設に入れられることになっているそうだな。おまえだけでもお父ちゃんと一緒に小岩で暮らすのはどうだ」

「そんなことできないよ。修二や百枝が可哀想だし、伯母ちゃんが許してくれないと思う」

「おまえ、あの伯母さんのこと好きなのか」

「好きじゃない。嫌いだけど、お母ちゃんが頼りにしてるから……」

「お父ちゃんもあの人は苦手なんだ。大嫌いだと言ったほうが分かりやすいな」

三郎が唐突に話題を変えた。

「玄関の下駄箱の上に置いてあるグローブはまだまだ使えそうだな」

「……」

「二年ほど前だったな。中山の競馬場の最終レースで、おまえが当てずっぽうで指差した馬の馬券をやけくそで買ったら、大穴だった。帰りにグローブを買ったのとカツ丼を食べたことを思い出すよ。また中山競馬場に連れて行ってやろうか」

亮平はあり得ないと思って、下を向いた。

亮平は早苗が保に無心した話をしたかったが、堪えた。十万円と二十万円の食いちがいを明かした結果の悶着は予想できないし、早苗が「実はねぇ……」と自ら明かすことを願っていたからでもある。

いずれにしても父には話すべき事柄とは思えなかった。

「Uボートってドイツの潜水艦でしょう」

「そうだよ」

「伯父ちゃんはUボートでドイツから日本へ帰ってきたんだ」

「うん。兄貴には重大な任務があった。海軍省から黄熱病の病原菌を日本に持ち帰るように指令されていたが、その役目も無事に果たした」

「黄熱病の病原菌がどうして必要なのか分からない」

「ドイツのハンブルクの熱帯病研究所から入手したと聞いた覚えがある。研究のために必要だったのだろう」

日本が第二次世界大戦中に、アフリカ大陸で参戦することもあり得ると想定して、黄熱病の予防対策を講じるべきだと、軍部が発想したと亮平が知ったのは、ずっと後のことだ。

やっぱり保伯父ちゃんはすごい人だ。いつかきっと伯父ちゃんは自分たち兄弟のことを助けてくれる。

家族がバラバラの危機のなかで、亮平はそう強く確信していた。

第二章　母の情念

1

横内早苗の行動力は水際(みずぎわ)立っていた。妹の杉田百子と杉田三郎の離婚を急がせ、昭和二十五年七月時点で百子を旧姓の深谷姓に戻したが、弘子（中二）、亮平（小六）、修二（小二）、百枝（二歳）の四人の子供たちには杉田姓を継承させた。このことは弘子と亮平が望んだことにもよるが、百子の再婚の可能性を早苗が考慮した結果である。

早苗は一度だけ市川市の児童相談所に子供たちを連れて足を運んだ。千葉郡二宮町にある児童養護施設の「めぐみ園」を子供たちの収容先として選んだのは、むろん早苗だ。所長の勧めもあった。めぐみ園しかなかったとも言える。

早苗は、めぐみ園を訪問し、園舎の応接室で理事長、園長の小濱(おばま)夫妻と面会し、三十分ほど話し合った。

小濱夫妻がプロテスタントながらクリスチャンだったことが、早苗に安心感を与えた最大の理由であろう。小濱仁理事長と小濱守見子園長の人当たり、人柄の良さを早苗なりに評価したのだろう。

百子は旧竹田宮家に住込みで勤務していたため、全てを早苗に任せ切っていた。

昭和二十五年七月中旬の某夜、早苗が子供たちに得意満面で話したものだ。

「めぐみ園は素晴らしい福祉施設ですよぅ。施設の子供たちは小濱理事長のことを〝お父さん〟、小濱園長のことを〝お母さん〟と呼んで、親しんでいるの。四十人ぐらいいる園児を我が子同様に愛し、慈しんでいるお二人は立派な人ですよ」

「サレジオ学園と同じくらい良い所なの」

亮平の質問に、早苗は眼を輝かせて大きく頷いた。

「サレジオ学園よりもっと家庭的で温かみのある所です」

「じゃあ、天国みたいな所なんだ」

「そうよぅ」

「野球が出来るグランドはあるの」

「グランドは無かったけれど、野球の練習は出来るんじゃないかしら。薬園台小学校も二宮中学校も、すぐ近くだから、学校でいくらでも出来るでしょう」

「ふうーん」

亮平の胸は期待で膨らんだ。早苗の信用出来ない面はこの際、忘れようとさえ思った。

「市川駅からめぐみ園まで、どのくらい時間はかかるんですか」

弘子に訊(き)かれて、早苗は「約一時間」と即答した。

「総武線で津田沼駅まで行くのよぅ。そして新京成に乗り換えて、習志野駅で降りて、約五分かなぁ」

二歳の百枝もいるし、電車は混んでいるかも知れない。約一時間はあり得ないと亮平は思ったが、口にはしなかった。

修二と百枝は就寝していた。

「いつから、めぐみ園に行くの。僕は宮田小学校から薬園台小学校に転校するんだね」

「一学期の終業式が済んだら、いつでも行けます」

亮平はふと高橋光芳の端整な顔を眼に浮かべた。

「市川小学校と宮田小学校の先生や友達に話したほうがいいかなぁ」

亮平がひとりごちると、弘子がきっとした顔になった。

「亮平は馬鹿だねぇ。そんな必要はないでしょ。恥ずかしくて話せることじゃない。わたしたちは福祉施設に預けられるのよ。両親が離婚したことが分かっちゃうじゃないの」

「弘子ちゃん、そんなむきになることでもないでしょ。ただし、伯母ちゃんも、弘子ちゃんの気持ちはよーく分かります。ただ、亮ちゃんはお友達がたくさんいるからねぇ。亮ちゃんは自分の考えを通したらよろしいでしょう」

「いや、僕も黙ってることにする。やっぱり、お姉ちゃんが言う通り、恥ずかしいもの。夏休み中に野球の試合の約束があるけど、断ろうかなぁ」

「断りなさい。亮平はおしゃべりだから、話しちゃうかも知れない」

姉の命令調は腹立たしくもあったが、そうかも知れないと亮平は思った。

「でも、高橋先生だけには話そうかなぁ。内緒だと言って……」

「それもダメよ。大騒ぎになるわ。歓送会だのなんだのって、なるに決まってるじゃないの。とにかく、亮平は静かにしてることね」

「……」

「分かったの」

「うん」

亮平は弘子を睨(にら)み返してから、顔を背けた。

「夏休みに入ったら、すぐにめぐみ園に行きましょう」

早苗があくびまじりに言った。

2

児童養護施設のめぐみ園は、昭和二十三年に開設された。

小濱夫妻が満州からの引き揚げ船の中で、戦災孤児に出会ったことが、その動機になったと言われている。

戦後のどさくさまぎれに、薬園台の旧兵舎の払い下げを受けるまでに、さしたる時日を要さなかった。

土地面積は広大で、兵舎故(ゆえ)に建物は頑丈、堅牢(けんろう)だった。

杉田亮平たちが入園した昭和二十五年八月上旬時点で、すでに幼稚園や診療所を経営していたのだから、小濱夫妻の経営手腕、力量は見上げたものだ。

入園の日、横内早苗は四人の子供を保母に託すなり、用は済んだとばかりにそそくさと引きあげた。

亮平は早苗を追いかけ、門の前で追いついた。

「伯母ちゃん、ちょっと話したい」

「いいですよぅ。なあに？」

「お母ちゃんにずいぶん会ってないけど、元気なの」

「元気にしてますよぅ。仕事に慣れるまで苦労してるようですけどぅ」

「いつ会えるのかなぁ」

「夏休みの間に必ず会いに行くように伝えましょう。亮ちゃんはまだお母さんが恋しいのかなぁ」

「うん」

「お父さんは？」

「ううん」

亮平は頭を振った。内心は複雑だった。三郎の夢を見たこともある。

「そうなの。お父さんに捨てられたんだから仕方がないわね」

「うん。お母ちゃんがいつ来るかわかったら教えてね」

「分かりました。日取りが決まったら、弘子ちゃん宛に手紙を出すよう、百子に言っておきますからねぇ」

「はい。ありがとうございます」

「良いお返事だこと。伯母ちゃんもなるべく早い機会にめぐみ園に来るようにしますよぅ。きょうは急いでいるから、じゃあねぇ。さようなら」

亮平は盛大に手を振った。伯母ではなく、母に切実に会いたいとの思いを込めて。

早苗は二度とめぐみ園に現れず手紙や葉書もよこさなかった。

それどころか早苗はその後、恰も行方をくらましたかのように、亮平たちの前から姿を消し、再会することもなかった。

亮平が応接室に戻ると、二十四、五歳の保母だけが待っていた。笑顔のきれいな優しそうな人だったので、亮平は安心した。

「自己紹介しましょう。折笠雅子と申します。園児たちは折笠先生と呼んでいるので、君もそうしてください。君のお名前は？」

「杉田亮平です。よろしくお願いします。百枝たちはどこにいるんですか」

「四人は別々の部屋になるのよ。弘子ちゃんは〝愛の部屋〟、修二君は〝誠の部屋〟、百枝ちゃんは〝恵の部屋〟、亮ちゃん……これからはきみのことを亮ちゃんと呼びますからね。亮ちゃんは〝望の部屋〟です。お友達が七人いますから、八人の部屋ですでに亮平の前には、段ボール箱が二つ用意されていた。衣類用と、それ以外用だ。亮平は大切なグローブと教科書などが入っているずしりと重いほうを抱えた。

「さあ、〝望の部屋〟に行きましょう」

折笠雅子のてきぱきした感じが、亮平は気に入った。アルトの話し声もきれいだった。眼鼻立ちも整っている。

濃紺のスカートに白いブラウス。白い運動靴は少し汚れていた。

折笠は部屋に居合せた園児たちを亮平に紹介し、隅の棚に段ボール箱を置いた。

「勉強机は五つしかないので、かわりばんこに仲良く使ってください。寝室は廊下の向かい側です。行ってみましょう」

折笠は薄暗い寝室の電灯を点けた。二段式の粗末なベッドが五つ並んでいた。

「ここが亮ちゃんのベッドです。亮ちゃんは六年生なので、上段です。四年生以下の下級生は下段のベッドが決まりよ。独りになれるのだから、個室とも考えられますね。掃除をしたばかりだからきれいですよ。これからは自分で掃除し、下のベッドの掃除も君の役目です」

「上がっていいですか」

「どうぞ」

備え付けの小さくて狭い梯子も、ベッドもみしみしきしんだ。亮平は倒れるのではないかと心配したが、実際は見てくれより丈夫だった。

食堂と便所と風呂場にも連れて行かれた。

「お風呂は週一回なので、夏場は行水をしないとねぇ」

「週にたった一回ですか」

「そうなの。なんとか二回にしたいと先生たちは思っています」

夕食の前に食堂で、亮平たちは自己紹介させられた。保母は折笠以外に松尾道子、小林節子、竹山三枝のあわせて四人。松尾は三十代後半、小林も竹山も二十代前半と思われた。

食前のお祈りは中学生が交代で行う習わしだった。

食事の不味さといったらなかった。特に主食のオートミールは初めて口にしたこともあって、亮平は吐き出しそうになった。

夕食の主食は通常、麦飯だが、時々オートミールになるらしい。副食は脱脂した牛の脂身と野菜を煮込んだ物で、やはり不味かった。

米（陸稲）、麦、さつま芋、とうもろこし、野菜などはほとんど自給自足である。

一夜にして虱をうつされたのにも閉口した。

市川での生活との落差は途方もなく大きい。

天国のような所は、地獄のような所の間違いだと亮平は思い、伯母を呪いたくなった。

3

亮平は百枝が心配でならず、〝恵の部屋〟に何度も出向いた。百枝は環境の激変で、ひいひい泣いていることが多かった。

亮平の顔を見ると泣きやむのは、多少安心するからだろう。

幼児の面倒を見るのは、中学生の女子園児にも任されていた。保母の手が足りないからだ。

「弘子ねえちゃんはよく来るんだろう」

「ううん」

「どうしてかなぁ」

百枝にはまだその訳は分からない。

「弘子ちゃんはコーラス部に入って、そっちのほうが忙しいのよ。めったに来ないわ。亮ちゃんもなるべく〝恵の部屋〟に来ないほうがいいわね。百枝ちゃんもじき慣れますよ」

小林先生が百枝にシッカロールを振りかけながら説明してくれた。

「百枝ちゃんがお姉ちゃん、お兄ちゃんを当てにしないで、この部屋の園児たちと友達になるほうが百枝ちゃんの為になると先生は思うの。分かるかな」

「はい」

亮平はなるほどと思ったが、やはり百枝が心配でならず、保母たちの目を盗んでは、窓から様子を見たりした。

百枝がめそめそしていないことを確かめられただけでも、どれほどほっとしたか分からない。

亮平は〝望の部屋〟でほどなくガキ大将になった。

定岡信夫という中二の園児がいたが、亮平は体力的に差がないばかりか、国語の宿題を教えてあげたことで、みんなに一目置かれるようになったのだ。

ある日、定岡とキャッチボールをしていると、図体のでかい少年が近づいてきた。

「おまえだな。新入りの生意気な奴は。名前を言えよ」

「杉田亮平です」

「両親に捨てられて、ここでタダ飯食える良い身分だよなぁ。おい、野球帽とグローブはおまえの物なのか」

「はい」

「それはダメだ。私物は認められない。園で保管するからな」

「困ります。僕の宝物を取り上げるなんて、許せません」

「なんだと！」

いきなり摑みかかられ、亮平は呆気なくぶったおされた。

しかも平手打ちを四発もくらった。

「これは俺が貰ってやるからな」

野球帽とグローブは取り上げられた。

色白で下ぶくれの少年は、亮平にとどめの蹴りまで入れて引き上げた。

「小濱浩っていう高校生のあの人は〝お父さん〟と〝お母さん〟の三番目の実の息子で、暴力少年で有名なんだ。グローブと野球帽は諦めたほうがいいと思うよ」

「そうはいかない。必ず取り返す」

亮平は下腹を押えながら、声をしぼり出した。

「浩ちゃんには二人がかりでも勝てっこない。〃望の部屋〃総がかりでも負ける。悔しいけど、あいつに歯向かうことはできっこないよ」

定岡は悔しそうに唇を嚙んだ。

亮平はこの夜、折笠先生の部屋を訪ねた。保母は狭いながらも個室を与えられていた。

亮平の話を聞いて、折笠先生は「〃お母さん〃に相談してみましょう」と優しく約束してくれた。

小濱園長に説得された浩が〃望の部屋〃に現れたのは翌朝である。

「おまえ、ちょっと来い」

浩は亮平を外に連れ出し、やにわに両手で亮平の首を絞めつけた。それも力まかせで手加減しなかった。

「おまえ、よくも折笠なんかに告げ口したな。ぶっ殺してやりたいくらいだ」

浩が少し手を緩めた瞬間、亮平は浩の股間を右足で蹴り上げた。

「ううっ」

浩がうめいた。急所に命中し、効き目はあった。

だが体力差はいかんともしがたい。浩のパンチが亮平の左頰に飛んできた。

「ほんとにぶっ殺すぞ」

「野球帽とグローブを返してよ」

「ダメだ。あんな物もう捨てちゃったよ」

「ほんとに」

「ああ」

浩は見下すような目で言った。

めぐみ園では、朝食の前に講堂で礼拝と讃美歌を合唱するしきたりがある。仕切るのは〝お父さん〟の小濱理事長だ。

約十五分の朝の行事だ。

亮平は浩の脅しに黙っているつもりはなかった。ここぞとばかりに、〝お父さん〟に今朝の一件を訴えた。

「その話は昨夜、〝お母さん〟から聞いたが、浩は返すと言ってたけどなぁ」

「首を絞められて、ひどい目に遭いました。捨ててしまったとも言われましたが
……」

「そんな筈はない」

浩が野球帽だけ返しに来たのは、朝食後のことだ。

「おまえ、しつこいなぁ。親父(おやじ)にまで話したとはいい根性してるわ。野球帽は返してやる。グローブは園で保管し、みんなで共用することにする。園長も理事長もＯＫしたから、これ以上、歯向かって来たら、ほんとにぶっ殺すからな」

浩はくちゃくちゃにした野球帽を亮平に投げつけた。

亮平が定岡に野球帽を見せると「よくやったなぁ」と肩を叩(たた)かれた。

「グローブも取り返すからね」

「それは諦めろ。それこそ殺されちゃうぞ。浩ちゃんは三人兄弟で一番ここが悪いから、劣等感で俺たちに暴力をふるうんだ」

亮平も頭に手をやった。

「ここが悪いのは分かるよ。めぐみ園の恥だね」

「亮平は勉強が出来るから、浩ちゃんにやっかまれてるんだよ。注意しろよ。二度とぶつかるな」

「グローブは諦めるしかないね」

「その通りだ」

4

八月下旬の日曜日に百子が来園することを弘子に手紙で知らせてきた。

約束の時間は午後二時だが、当日、照りつける日射しの中、兄弟四人は十分以上も前から門の前で待っていた。

しかし、三十分経っても百子は現れない。

百枝が半べそで「お母ちゃん、ほんとうに来るの」と亮平に訊いた。

「来るよ。百枝、疲れたろう。おんぶしてやろうか」

百枝は水玉模様の簡単服（ワンピース）を着ていた。

「うん」

亮平は野球帽を阿弥陀にして百枝を背負った。

「百枝、少し痩せたな。軽くなったよ」

「この子、食が細いのよ」

「お姉ちゃん、めぐみ園の飯は不味いからなぁ。修二はどうだ」

「僕は全部食べられるようになった」

「うん。修二は頑張ってるな。あっ、お母ちゃんが来たぞ」

白のブラウスに水色のフレアースカート姿の百子が足早に近づいてきた。

「お母ちゃん。やっと会えたね」

亮平が百枝を差し出したが、百子は抱っこを拒んだ。

「まったくそれどころじゃないわ。道を一本間違えて、さんざん歩かされてくたくたよ。途中で帰ろうと思ったくらいよ。田舎はイヤになっちゃうわね」

母の方向オンチは承知しているが、久方ぶりの対面なのに、ぷりぷりしている母に亮平は信じられない思いで、胸を塞がれた。

「とにかくおしっこさせて。お手洗いはどこなの」

手荷物は亮平と修二が受け取り、弘子が百子を便所に案内した。

五人は応接室で話したが、百子の不機嫌はなかなか収まらなかった。

百枝が母の膝に乗っかったのをしおに、ようやく百子の気持ちが和んだ。

「百枝は少し痩せたかねぇ」

「そうなんだ。めぐみ園のご飯がおいしくないから」と亮平が応じた。

「お土産にカステラを買ってきたから、ここで少し食べようか」

折よく折笠先生が緑茶を運んできた。

「保母の折笠です」

「子供たちがお世話になっております。先生もカステラめしあがってください」

「わたしはけっこうです。ご家族でごゆっくりどうぞ」

折笠先生はすぐに退出した。亮平はカステラに貪りつきながら、母に訊いた。

「お母ちゃん、こんどはいつ来てくれるの」

「九月の下旬かねぇ。でも忙しくてねぇ」

「こんどは迷子にならないように、僕が駅まで迎えに行く」

「二度目は大丈夫よ。亮平は苦労性だねぇ」

亮平は道を間違えたぐらいで、ふくれっ面をされてはかなわないと思ったまでだ。

百子は「駅に人を待たせてるから、もう帰らなければ」と時計を見ながら訳の分からないことを言って、ほんの三十分ほどで立ち上がった。

亮平たちは門まで見送って、さかんに手を振ったが、百子は振り返りもしなかった。

百枝は「お母ちゃん、お母ちゃん」と精一杯声を張りあげて追いすがったが、百子の耳に届かず、小さくなっていくその後ろ姿を見て、泣きじゃくりながら、地べたにしゃがみ込んでしまった。

亮平が百枝を抱きあげた。

「お母ちゃん、きょうは忙しいらしい。またすぐ来てくれるからな」

四人はいったん応接室に戻り、弘子と亮平は後片づけをした。

「二か月ぶりに会って、もっと話したいことがあったのに、お母ちゃん、なんだか変だよ。百枝だって可哀想だ」

「お母ちゃんは女中なんかやったことのない人だから、大変なのよ。苦労してるんだと思う」

「道を間違えたのは自分が悪いのに、僕たちに八つ当たりして。信じられないよ」

「お母ちゃんの身勝手は生まれつきだから、いまさら四の五の言ってもねぇ。面会に来てくれただけでも、ありがたいと思わないと。もしかしたら今頃、帰りの電車の中で反省しているかも」

百枝は泣き疲れたのかいつの間にか居眠りしていた。亮平は百枝を抱いて、〝恵の部屋〟に運んだ。

この夜、亮平は狭いベッドで何度寝返りを打ったことか。消灯時間は午後九時だが、寝付きの良さは抜群の筈なのになかなか眠りに入れなかった。

幼い頃の優しい母の顔が思い出されてならなかった。

野菜嫌いの亮平は、父親に茄子や胡瓜を口いっぱいに詰め込まれると、気分が悪くなって吐き出したりしたものだ。特に茄子のぐにゃあとした食感は我慢できなかった。吐き出した物を再び口をこじあけて呑み込ませようと、三郎はむきになるが、亮平は生理的にうけつけなかった。

ほっぺたをしたたかに抓られ、顔をぶんなぐられても、亮平の拒絶反応のほうが勝っていた。後は大声で泣きじゃくるだけだ。

怒った三郎は亮平を暗い押し入れに閉じ込めた。

亮平にとって押し入れほど怖い場所はなかった。出られないと思い込んでいたからだ。

泣き寝入りした亮平を寝床まで運んでくれ、添い寝してくれたのは母だった。まだ修二が生まれる前だから三歳か四歳頃の記憶である。

亮平はベッドの中でしくしく泣いた。肩をふるわせてむせび泣いた。

「駅に人を待たせてる」と百子は言っていたが、初めての面会に他人を連れてくる母の気が知れない。

いずれにしても母の態度は異様、異常で、許せないと亮平は思った。

しかし、めそめそしてはいけない。男の子じゃないか。もっと強くならなければと我が胸に言い聞かせるそばから、涙がこみあげてくる。

亮平は百枝も泣いているかも知れないと気を回し、〝恵の部屋〟に行きたい衝動に駆られたが、抑えるしかないことは分かっていた。

翌朝、礼拝の後で折笠先生が亮平に近づいてきた。

「きのうはお母さんに会えてよかったわね」

「うん。でも、すぐに帰っちゃった」

「お仕事が忙しいのよ」

「百枝が可哀想だと思う」

百枝たち幼児は礼拝の出席を義務づけられておらず、その場にはいなかった。

「亮ちゃん、先生は思うの。お母さんがめぐみ園に来ることは百枝ちゃんの為にならないと思うのよ。酷な言い方になるけれど、いちばんお母さん離れしなければいけないのは百枝ちゃんなんじゃないかしら。百枝ちゃんには三人のお姉さんとお兄さんがいるのよ。それだけでも幸せだと思わなければ。二歳、三歳で両親のいない子供がめぐみ園に何人もいることも考えて」

「分かりました」

折笠先生の話しぶりは穏やかで、説得力があった。めそめそした自分が恥ずかしいとさえ亮平は思った。

「亮ちゃん、眼が腫れぼったいのはどうしてかな」

亮平は折笠先生がどう考えるか、どう判断するか聞いてみたい気持ちを抑制しかね、母の示した態度を打ち明けた。

「そうだったの。お母さん、ぷんぷんしてたの。亮ちゃんが泣きたくなる気持ちはよく分かる。ただ、お母さんの都合も考えてあげましょう。亮ちゃんたちに会えて、嬉しくない筈がありません。お母さんには照れもあったかもねぇ」

そう言って、折笠先生は亮平の頭を撫でてくれた。

朝食後、五年生以上の園児には畑の雑草取りの作業が待っていた。

夏の暑い日の草むしりは、きつい作業だ。

めぐみ園には高井昭一と園田信の二人の作業員が住み込みで雇用されていた。

高井は千葉県、園田は山形県の出身で、二人とも旧制農学校を卒業していた。二十六歳の高井が二つ年長だ。亮平は図々しいが、人懐っこいので、二人と仲良しになるのは早かった。

亮平たちは高井と園田の指示に従って作業を進めるが、休憩時間になると、大きな木の陰で、二人は乾燥芋などのおやつをふるまってくれる。乾燥芋は歯ごたえがあり、甘味もあって、亮平はこれほど美味しいおやつはないとすら思った。

高井が亮平に話しかけてくれた。

「おまえ、浩と喧嘩したらしいな。その野球帽を取り返したんだろう。よくやった。褒めてやる。あいつは、どうしようもないバカ野郎で、先生方も手を焼いているんだ。園長と理事長の放任主義が裏目に出たな」

園田は〝ノッポのソノ〟のニックネームがあるほど長身だった。高井のほうはずんぐり型だ。

二人は畑の脇の旧兵舎で共同生活をしていた。

「キャンプのサージャン（軍曹）がボクシングのグローブを一式恵んでくれる約束だから、一度浩を誘ってノックアウトしてやるからな」

「高井さん、僕もキャンプに連れてってください」

「いいだろう。亮平は中学生で通用する。早速、きょうの夕方連れて行ってやろうか」

「うれしいなぁ」

「おまえ間違えるなよ。遊びに行くんじゃないぞ。一働きも二働きもしてもらうからな」

「〝残飯〟運びでしょう」

「よく知ってるじゃねぇか」

「信夫ちゃんから聞きました」

キャンプとは習志野の旧日本陸軍の兵舎を活用して展開している米国の進駐軍のことだ。

米軍キャンプが大量に放出する物資の〝残飯〟は、めぐみ園にとってなによりの食糧であり、ご馳走だった。

高井、園田、亮平の三人は、その日午後五時過ぎにリヤカーを引いてキャンプを訪問した。

〝残飯〟は量も内容も日によって異なるが、この日は脱脂した牛の脂身、メリケン粉、オートミールなど大量の放出物資にありつけた。その上、中古品のボクシング用グローブ二組のおまけ付きだった。

グローブは高井と園田の二人で保管すると初めから決めていた。

亮平はキャンプのスペースの広大さと、下士官用の兵舎の豪華さに度胆を抜かれた。

チョコレートとチューインガムをごっそりポケットに忍ばせてくれたサージャンが、亮平の眼には神様に映った。

「サンキュウ　ベリー　マッチ」

亮平はめぐみ園に来て初めて幸福感に浸ったような気分だった。

「チョコレートは一枚だけ今のうちに食べたらいいな。どうせ〝奥〟に取られてしまう」

「はい」

亮平は急ぎ過ぎて、包み紙ごと口に入れそうになった。

「あわてるな。時間はたっぷりあるぞ」

「はーい。うまぁい。美味しいなぁ」

「だからこそ、ゆっくり食べるんだ」

高井の優しい目を見返す亮平の嬉しそうな顔といったらなかった。

板チョコレートにしては分厚い。甘くて舌がとろけそうだ。ほっぺたが落ちそうにもなった。

「でもめぐみ園に早く帰らないと」

亮平は最後のひとかたまりを呑み込んで、リヤカーを引っ張る側に回って、園田と並んだ。

小濱理事長一家の住いは立派なたたずまいで、下士官用の兵舎を改装したものだ。保母たちも園児たちもかれらの住居を〝奥〟と呼んでいた。江戸城の大奥から連想したのだろうか。

朝の礼拝をする講堂は、八時頃には幼稚園に変り、相当なにぎわいを呈する。むろんオルガンも立派なのが備えられていた。

診療所も盛況で、めぐみ園は大いに潤っていた。県からの園児への補助金はあって当然だ。

夕食後、定岡信夫が小濱浩を講堂に誘い出した。

「高井さんたちがボクシングをやりませんかと言っています」

「グローブはあるのか」

「はい。キャンプのサージャンが高井さんと園田さんにプレゼントしてくれたんです」

「それはおかしいぞ。めぐみ園の物だ。取り上げてやる」

定岡は一騒動免れないと思い、胸がドキドキした。

「一時間後に行くと高井に伝えろ」

「はい」

定岡から話を聞いた亮平は背筋がぞくぞくするほど興奮した。

「グローブ、浩ちゃんに取り上げられると思うか」

「高井さんと園田さんが応じる訳ない。僕はいくら浩ちゃんでも二人には向かって行けないと思う」

「分からないぞ。〝お父さん〟と〝お母さん〟に言いつけるに決まってるからな」

「どっちみち、グローブはあるんだ。試合がどうなるか見物だね。浩ちゃんは見かけによらず臆病だから、試合をしないで逃げるかも知れないよ」

「グローブだけ盗んでか」

「高井さんと浩ちゃんの世紀の一戦は実現させたいし、見たいよねぇ」

「浩ちゃんがノックアウトされることをみんなが期待してるよな」

定岡は目を輝かせた。

「体格的には高井さんと浩ちゃんは似ているけど、ふだん農作業で鍛えている高井さんのほうが強いに決まっている」

「亮平、おまえも浩ちゃんと闘ってみるか」

「勝てっこないけど、やってみようか」

亮平がその気になったのは、ボクシングのグローブを手に着けたいと思ったからだ。

5

めぐみ園開設以来初めてのボクシング大会が催されたのは、昭和二十五年八月某日午後八時過ぎのことだ。場所は、礼拝堂兼幼稚園の講堂である。講堂の床の中央と四方には、赤、青、黄色の三色のペンキで描かれた大きな三重丸が描かれてあった。その円は幼稚園の遊戯用にしつらえられたもので、すべての円の中では中央の円がひと際大きく、直径二メートルほどあった。

ボクシングは中央の円を囲んで、麻のロープで正方形を作り、四隅を四人の園児がちょっと輪からはみ出して持った、仮設のリングで行われた。

小濱理事長、園長、浩の親子三人をはじめ保母や従業員、小学六年生以上の園児はほとんどが見物した。

杉田亮平は高井に勧められて前座の一番目に試合をした。相手は中二の定岡信夫である。

亮平はグローブを嵌(は)めた時、野球用との違いにびっくりした。野球用はごつごつして堅いが、拳闘(けんとう)用は柔らかな手ざわりで、握り締めた時に布を摑んでいる感触がした。

それにしても大きくて、量感もたっぷりあった。

「顔を打つのはやめておこう。反則にする。胸と脇腹は思いきり打っていいぞ」

高井の指示で、前座試合が始まった。

三ラウンド戦で試合時間は一ラウンドが二分。

「かかれ！」

レフリー役の園田が大声を張り上げた。

二人とも初体験なため大振りが目立ち、なかなかヒットしない。定岡が右手を振り上げた時、亮平の左ストレートが胸に命中し、定岡は仰向けにひっくり返ったが、これはラッキーパンチが当たっただけのことだった。第二ラウンドは定岡のほうが押し気味に進めると、最終の第三ラウンドも定岡に分があり、結局、引き分けで終った。

園児同士の前座試合は計四試合続き、どれも笑い声が絶えなかった。そして、いよいよ高井と小濱浩のメインイベントが始まった。

「浩ちゃんをぶったおせ！」

「高井さんガンバレ！」

興奮のあまり思わず亮平と定岡は絶叫した。

講堂中に歓声、声援が乱れ飛び、大騒動だったので、その声が選手たちに聞こえたかどうかは微妙だった。

第一ラウンドでは高井はガードを固め、浩に打たせるだけ打たせていたが、グローブの上からなのでダメージは少ないようだった。

第二ラウンドでも高井は二、三発ジャブを出しただけで防禦に回っていたが、第三ラウンドに入ると積極的に打ちに出た。すでに浩は打ち疲れており、パンチに威力がなかった。浩が打ち合いに出た所へ高井のフックのパンチが一発、浩の脇腹を捉えた。浩は前のめりに倒れた。

亮平は興奮して喉をからし、掌が汗ばみながらも、浩が倒れた瞬間思わず「バンザイ」をしていた。「バンザイ！」の声は亮平だけではなかった。

立ち見席の園児たちも盛り上がっていた。

「いいぞう！」

「やった！　やった！」

「ざまあみろ！」

保母や従業員も拍手喝采だった。

小濱園長の悲鳴は大きな歓声にかき消された。

浩より五センチほど低い高井のほうが、亮平の目には大きく映った。

高井が床に寝そべっている浩を起こそうとした時、浩は上体を起こし、高井に肘鉄(ひじてつ)をくらわした。

高井は苦笑して、一歩引いた。

「余計な真似(まね)するなよ」

「もう一回しましょうか」

「うるせぇなぁ。あっちへ行け」

二人のやりとりは亮平にもはっきり聞こえた。

小濱園長が高井に近寄り、険しい顔で大きな声を出した。

「高井さん！　ちょっと話があります」

それまでの熱気が嘘(うそ)のように講堂が急にシーンとなった。

「ボクシングは子供たちには危険です。怖(おそ)ろしいスポーツです。今夜限りとしましょう」

「危険なんてことはありません。グローブは子供たちには大きすぎて、命中してもさしたることはありません。わたしと園田はキャンプでほんの少し手ほどきを受けてますので、多少強いというだけのことです。我々二人が責任をもって、希望する小六と中学生を指導します。せっかくのサージャンの好意を無にすることはご容赦ください」

高井は浩と定岡に声をかけた。

「きみたち、一度倒されただけで辞めるのか」

「もっともっとボクシングをやりたい」

「冗談じゃない。今夜は油断したが、こんどは必ずぶったおしてやる」

浩は高井を睨みつけて強がりを言った。

「それより、グローブを〝奥〟で管理すると高井に言ってくれよ」

小濱園長が何か言おうと、高井に近づいたが、高井のほうが機先を制した。

「それはあり得ません。サージャンが個人的に園田とわたしにプレゼントしてくれたのです。グローブはわれわれの私物です。なんでしたらサージャンに確認してくださ い」

「それが事実だとしても、園で預かるのが筋というものでしょう」

「お言葉ですが違います。しかも、われわれは園児を楽しませてあげたいと考えているのです」

「強制的に園で管理すると言ったら、どうするんだ」

浩が激した声を放った。

「そんなことができるとは思いませんが、就寝中にグローブが盗まれるようなことがあったら、園田とわたしはめぐみ園を去ります」

「そこまで思い詰めなくてもいいでしょう。たかがグローブじゃないの」

小濱園長はつくり笑いを浮かべて、高井に語りかけた。

亮平は胸をドキドキさせながら大人たちのやりとりを聞いていたが、勝負あったと思いバンザイをしたくなった。

「高井さんの言う通り、ほんとうに辞めますよ。実家から帰って来いってうるさく言われてるんです」

園田が続いた。

すると、今まで黙ってやり取りを聞いていた小濱理事長が初めて口出しした。

「グローブは高井君と園田君の私物なのだから、園で預かるいわれはない。浩の話は冗談ぐらいに受け止めてくれるとありがたいな」

園長は笑いながら首を竦め、浩が憎悪を込めた眼を高井に注いでいるのを亮平は見逃さなかった。

「高井さん、〝お父さん〟が言った通りです。これからもよろしくお願いしますよ。二回目のボクシング大会を楽しみにしています」

「こちらこそよろしくお願いします。少し感情的になったかも知れませんが、意のある所が分かっていただけて安心しました」

「〝お父さん〟も〝お母さん〟も、今夜は楽しかった。みんなはどうだったんだ」

「楽しかった」

「おもしろかった」

園児たちは口々に言い、拍手した。

亮平は拍手しながらも、浩が表情をひきつらせているのが気になってならなかった。

亮平は高井と別れしなに「ほんとうにめぐみ園を辞めたいと思ったの？」と訊いた。

「心配するな。あのぐらい強く出ないと分からん人たちだから」

「高井さんと園田さんが辞めたら、めぐみ園はおしまいですね」

「そんなことはない。代りはいくらでもおるが、我々ほどの働き手はいないだろうな」

「よかったぁ。ホッとしました」

「亮平は野球で鍛えているから、拳闘も強いんだ」

「少しだけです。おやすみなさい」

亮平はスキップしながら講堂を後にした。

6

九月一日に二学期が始まり、杉田亮平は薬園台小学校六年一組の生徒になった。男女共学の二クラスで一クラス約五十人。

同じ組にめぐみ園の先輩園児が二人いた。久保田勝と石橋太郎である。

亮平は最終列の机を与えられた。久保田は四列目、石橋は二列目だ。

担任は青木荘吉という男性教師だった。年齢は三十五、六歳だろうか。

最初の授業が始まる前に、亮平は教壇に立って自己紹介させられた。

「杉田亮平です。よろしくお願いします」

「杉田は久保田、石橋と同じで、養護施設のめぐみ園から通う。市川市の宮田小学校からの転校生だ。席へ戻れ」

青木の話し声はやけに大きかった。

「はい」

「声が小さい。もう一度」

「はーい。先生はダルマさん、そっくりですね」

青木は血相を変えたが、ダルマのあだ名は石橋から聞いていた。

亮平は学校で声が小さいと言われたのは初めてだった。

午前中の授業が終わり昼食時間になると、めぐみ園組は園に戻らなければならない。弁当を持参する習慣はなかったからだ。

学校と園は割り合い近かったが、昼休みを犠牲にするのは仕方なかった。

昼食を終えて亮平が教室に戻ると、ガキ大将の秋山勇（あきやまいさむ）が、鼻をつまみながら近づいてきた。

「臭（くせ）え臭え。臭いったらねぇやぁ。この残飯野郎！」

亮平は手を出したくなるのを堪（こら）え、久保田と石橋を手招きした。

「秋山に臭えとか〝残飯野郎〟とか言われたが、変なことを言うのは秋山だけなのか」

「大きな声でからかうのは秋山と渡辺と池田の三人だけど、陰で言うやつはほかにもいる」

久保田は俯（うつむ）いて、ぼそぼそと答えた。

「あとは級長の大塚と山田の二人だな。〝残飯〟は関係ないけど風呂に週一回しか入らないので、実際俺たちは臭いと思うよ」

その話を聞いて、亮平の頭にひらめくものがあった。

休み時間はあと五分ほど残っている。

亮平は秋山に声をかけた。

「秋山、ボクシングのグローブ見たことあるんか」

「そんなものあるわけねぇよ」

「じゃあ見せてやる。きょうの放課後、ちょっと寄って行かんか」

「臭えめぐみ園へか」

「少しぐらい我慢しろよ。本物のグローブを着けさせてもらえるんだぞ」

「ほんとか」

「ああ。ついでに渡辺と大塚と池田と山田を誘ってもいいぞ。三十分ぐらいで済む。こんなチャンスはめったにないぞ」

秋山の話を聞いて、山田を除く三人が秋山と一緒に来園することになった。

亮平は、石橋に「四人をゆっくり連れてきてくれ」と耳打ちして、走って下校した。

亮平は高井と園田を見つけると、「残飯野郎！」と言われた話をして、加勢と理解を求めた。

「手加減しないで、一発ぶんなぐってやれば、もう言わなくなるだろう」

「高井さん、僕もそう考えました」

高井と園田は、園舎から離れた畑の側の空き地に茣蓙を敷いて、秋山たちを集めた。そこからは園舎も幼稚園も視界に入らなかったし、診療所と〝奥〟の棟はそのまた向こうだ。

秋山や池田は初めて見るグローブをさわったり、嵌めたりしながら興奮した。

「秋山、打ちあってみないか」

「杉田とか。いいよ。ぶっ飛ばされても知らねえぞ」

「上半身、裸になって、本気でかかってこいよ。顔をぶつのはやめようや。ボディだけにしよう。時間は二分だ」

高井が懐中時計を見ながら頷いた。

「かかれ！」

園田の合図で試合が始まった。

亮平は一度とはいえ経験している。

秋山は力任せにグローブをぶんぶん振り回したが、亮平はなんとかかわせた。がらあきのボディに右フックを一発打ち込むと、秋山は呆気なく、ぶったおれた。

「よし。次は池田だ。秋山以上の悪ガキだったな」

池田健二は「残飯野郎から秋山の敵を取ってやんべえ」とファイトをたぎらせて亮平に向かってきた。

亮平はガードを固めて池田に打たせてみた。パンチ力はあるが、力まかせだし、肩に力が入り過ぎている。疲労も早く、一分ほどで息切れしていた。

その様子を見ると、亮平は素早く反撃した。五発ほど放って、一発がみぞおちを強打し、池田はうめき声を洩らして膝を突いた。

「渡辺と大塚はどうする？　やるか」

「今度にする」

「俺も」

二人とも尻込みした。亮平の目的は果たされたのだ。

その後、生徒たちは高井と園田の部屋に移動して、水を飲んだ。

「秋山、どうだ。まだ痛いか」

「おまえ強いぜえ。もうなんともねぇけど」

「池田、おまえを痛い目に遭わせた代りに、算数の宿題教えてやろうか」

「ほんとか。兄貴に教えてもらおうと思ってたんだが、兄貴に頼むのもかっこ悪いからなぁ」

ボクシングでの勝利以来、「残飯野郎！」も「臭え臭え」もなくなった。変化はそれどころではなかった。

秋山家も池田家も近在の農家だが、放課後かわるがわる亮平を家に誘って、おやつの菓子や果物をふるまってくれたのだ。

池田に至っては必ず風呂を沸かして、入浴の世話までしてくれた。

亮平は宿題に限らず、勉強嫌いな池田のコーチを引き受けたのだ。二年上の兄貴の宿題も国語に限って教えることもできた。

亮平は池田の両親から「ありがとさんよ」と何度言われたか分からない。

九月のたったひと月で、亮平は勉強でも腕力でもクラス一になったと思い、うぬぼれていた。秋山からガキ大将の地位を奪ったことは明瞭だった。ただ悪ガキだがいじめっ子にはならなかったつもりだ。

7

九月十七日日曜日の午後、杉田亮平たちの母、深谷百子が来園した。

母は若い男性を伴っており、前回と違って、やけに機嫌がよかった。

「秋葉さんとおっしゃるの。お母ちゃんの仕事仲間。竹田のお屋敷の執事さんよ」

「執事ってどんな仕事をするの」

亮平の質問に秋葉は笑顔で答えた。

「秘書とか書生なら分かるかな」

「書生とは違いますよ。秘書よりだって、もっともっと格上でしょう」

「ふうーん。この人、偉いんだね」

亮平は母とどっちが偉いのか聞きたかったが、百枝が母に甘えだしたので、我慢した。

「歳はお母ちゃんより下でしょう」

「十歳ぐらい下です」

秋葉が応じた。背広が似合う男で、愛想も良かった。

しかし、百子と秋葉のやりとりを聞いていて、亮平は厭な予感がした。

母は秋葉のことを「繁さん」と呼び、秋葉は母を「百ちゃん」と呼んだ。本来なら「深谷さん」と「秋葉さん」であるべきだ。そのなれなれしさに亮平は嫌悪感を覚えた。

面会中に、保母の折笠雅子が顔をのぞかせ亮平を手招きした。

亮平が折笠先生の個室に連れて行かれると、そこに小林節子が待っていた。

折笠先生は真剣な表情で亮平に語りかけた。

「先生たちの意見が一致したの。亮ちゃんのお母さん、どうかしていると思うのよ」

「若いツバメかなんか知らないけど、あんなにやけた男を一緒に連れて来るなんて非常識にもほどがあります」

「小林先生、若いツバメって、どういう意味ですか」

「うーん。参ったなぁ。君にはちょっと刺激的過ぎたかなぁ」

折笠先生が口を挟んだ。

「亮ちゃんはお利口さんだから、大丈夫ですよ。若い愛人なら分かるでしょう」

厭な予感はそういうことだったのだ。

亮平はこわばった顔で頷いた。

「この前、母が来た時に習志野駅で待たせてた人だと思います」

「今日だってせめてそのぐらいの配慮があってもねぇ」

「折笠先生のおっしゃる通りよ。亮ちゃんをここへ呼んだのは、先生たちの気持ちなり思いなりを伝えたかったからなの。お母さんに話していいわよ」

亮平は、先生たちは姉の弘子に話すべきではないのかと思ったが、思春期の姉は傷つきやすいと考えたのだろうか。

勿論、亮平は保母たちのやっかみ半分とも大きなお世話とも思わなかった。

母の配慮のなさは、なじられて当然なのだ。

「亮ちゃんのお父さんとお母さんが離婚したのは、お父さんだけが悪い訳ではありませんね」

「折笠先生、その逆のほうが大きいかも」

「子供たちが可哀想でならないわ」

折笠先生と小林先生のひそひそ話に亮平は泣きそうになった。

結局、百子と秋葉は一時間ほどで帰った。

亮平だけが駅まで二人を見送った。下心があったからだ。

「お母ちゃん、若いツバメってなんのこと。先生たちが話してた」

「そんなことを言うためにおまえを呼び出したんだね」

「百ちゃん、そうとんがりなさんな。ま、見え見えかもねぇ」

「それにしても、保母の分際でそんな厭味な言い方するなんて、どうかしてるわよ」

「お母ちゃんは、秋葉さんの愛人なの？」

「違う。お仕事の仲間。さっきそう言ったでしょう」

「秋葉さんは、見え見えかもねぇとか言ったよ」

「厭な子だねぇ。人をじろじろ見るのもよくないね」

「おツムが良いんだよ。百ちゃんの自慢の子だけのことはあるな」

亮平は秋葉のにやけ面を睨(にら)みつけながらも胸がざわざわしていた。

「お母さんは、竹田さまのお坊ちゃんから『モモ、モモ』と呼ばれて、好かれているんだよ」

「そんなことどうでもいいでしょう。もう二度と来ないわよ」

「かりかりしちゃだめ。久しぶりに子供たちと会えたんじゃないですか。亮ちゃん、お母さんに会って嬉しかったんだろう」

べたついた秋葉のもの言いが鬱陶(うっとう)しくて、亮平は返事をしなかった。

駅に着くと、電車が来るまで、亮平は百子の傍らにいた。

「お母ちゃん、本当にもう二度と来ないの」

「心配しなさんな」

ふくれっ面の百子に代って秋葉が続けた。

「そんなことある訳ないでしょう。毎日だって、君たちに会いたくて会いたくて仕様が無いのに。仕事が忙しいからそうもいかない。二人でこれから買い物をしなければいけないんだ。もちろん仕事だよ。こないだと同じように、僕は駅で待ってたほうがよかったかもな。少なくとも余計なことを言われなくて済んだ」

亮平は頭上の秋葉の手を振り払って、ベンチから立ち上がった。


その日の消灯後、亮平はなかなか寝つかれなかった。

思い出すたびに涙がこぼれそうになった。しかし、これしきのことで泣いてなるものかとも思った。

しっかりしろ。頑張れ。母に愛人がいようがいまいが大したことではない。年齢差を考えると二人の結婚は考えにくい。一時的なものに相違ない。だったら大目に見てやるべきではないのか。姉や弟はどう思っているのだろうか。きょうの姉は妙に寡黙だった。思う所があったのだろうか。

修二はどうだろうか。鈍感なやつだし、年齢的にも心をかきまわされたとは思えない。

百枝は心安らかなのだろうか——。

考えれば考えるほど亮平は寝つけなくなる。

亮平は思いきって劇的に頭の中を切り替えた。秋山と池田をボクシングでぶったおした場面を眼に浮かべたのだ。またボクシングでうさ晴らししよう。

亮平はすーっと眠りに就いた。

8

亮平は十月六日午後四時頃下校し、めぐみ園に帰るなり、〝恵の部屋〟へ行った。虫が知らせたとまでは思わなかったが、ここ最近の百枝の元気のなさが気になっていたのだ。

部屋に入ると百枝の姿はなく、ベッドの周りが片づけられていた。衣類などの持ち物もなかった。

あとから折笠雅子が〝恵の部屋〟に入ってきたので、亮平は折笠先生の手を取って百枝の行方を訊いた。

「先生の部屋へいらっしゃい」

折笠先生は亮平を丸椅子(まるいす)に座らせて、後ろ手でドアを締めるなり、涙ぐんで話した。

「百枝ちゃんは、知らない人に連れて行かれたの。もう、めぐみ園には帰ってきません」

「知らない人って？」

「先生も詳しくは知らされてないの。ほんとうよ」

「百枝は人攫(ひとさら)いに遭ったの？」

「いくらなんでも人攫いはないでしょう。ご夫妻で働いているお家(うち)に養女で貰(もら)われて行くということでした」

「百枝、泣いてなかった？」

「泣いてたわ。一人になるのは厭に決まってるものねぇ。でも、慣れてしまえば天国のような所で、百枝ちゃんは幸せになれるそうよ。それと百枝ちゃんはきっとした顔で先生たちを見ることがあるから、気持ちの強い性格だと思う」

「早苗伯母さんが決めたとしたら、心配です。めぐみ園を天国のような所だって言ったんです」

「そうだったの。物は考えようだけど、ここを天国のような所って言われても、実感がないわねぇ。でも伯母さんの善意を信じてあげましょう。それはそうと、つい最近お母さんが男の人と見えた時に、百枝ちゃんに関する話は出なかったのかなぁ」

「出ませんでした。ただ、姉が黙り込んでいたのが気になります。姉だけは母から聞いていたかも知れない」

「こんな大事なことを亮ちゃんに話さないなんて、先生には考えられないなぁ」

「百枝がめぐみ園を出て行ったのは何時頃ですか」

「お昼前。あなたたちが学校にいる時間よ。〝お母さん〟は立ち会っていました。あらかじめ知らせがあったのだと思う」

〝お母さん〟こと小濱園長、〝お父さん〟こと小濱理事長が承諾していなければ、知らない人が百枝を連れ出すことは不可能だと亮平は思った。

「弘子ちゃんが事前に聞いていた節があるのなら、話してみたらどう？」

「僕そうします」

亮平はカバンなどを〝望の部屋〟に置いて、〝愛の部屋〟へ走って行った。

弘子はたった今、学校から戻った風情だ。

「お姉ちゃん、ちょっと」

亮平は廊下から弘子を手招きした。

「顔色変えて何よ」

「百枝が人攫いに遭ったのを知ってるんだな」

「人攫いなんて、人聞きの悪いことを言わないで」

「こないだお母ちゃんから聞いたんだな」

「亮平は聞いてなかったんだ。百枝は子供のいない夫婦の養女になるの。神様みたいに優しい人たちだって。亮平が心配しても始まらないよ」

「百枝は独りぼっちになっちゃうんだぞ。それで幸せになれる筈がない。百枝を取り返すことを考えようよ」

「なにをバカなこと言ってるの。お母ちゃんと早苗伯母さんが百枝にとって良かれと思ったからこそ、決めたんでしょう。そんなことも分からないの。亮平は案外バカだね」

「分からないねぇ。百枝の気持ちを考えもしないで、勝手過ぎるよ。百枝は連れ出された時ひいひい泣いてたそうじゃないか」

「一時的なことでしょ。大人が決めたことにつべこべ口出しするんじゃないの。亮平はここのところ急に生意気になったね」

「生意気はどっちだ。そっちこそ、僕に百枝のことを隠しておいて、おかしいじゃないか」

「亮平みたいなガキに聞かせても意味ないでしょ」

亮平は手を出したくてうずうずしたが、堪えに堪えた。権高（けんだか）な姉の顔を一発ぶんなぐったら、どれほどすっきりすることか。

「おまえは百枝の幸せを神に祈ってあげればいいの。百枝は、選ばれて養女になるのよ。何十人だか何百人の中から選ばれたのよ。自慢の妹だと思わなきゃあ」

「場所はどこなんだ」

「横須賀よ。おまえが知っても意味がないから、百枝のことは金輪際忘れなさい」

「バカ！　忘れられる訳がないだろう」

「食事の支度を手伝わなくちゃあ。おまえにかまけている時間はないの」

弘子はくるっと亮平に背中を向けた。

百子が来園し、対面していた時、亮平は折笠雅子に呼び出された。あの時、母は姉に百枝の〝養女〟の話をしたに相違ない。

こんな深刻な話を今頃聞かねばならない俺の気持ちになってみろと、亮平は悔しいやら、切ないやらで、やりきれなかった。

夕食時に食堂で、亮平は弟の修二に絡(から)んだ。

「いつもと様子が違うと思わないか」

「お兄ちゃん、どう違うの」

「幼児たちのほうを見てみろ」

「うん」

修二は箸(はし)の手を止めて隅のほうへ眼を遣(や)った。

「分かったのか」

「ううん」

「百枝がいないだろう」

「あっ！　ほんとうだ」

「おまえ何か聞いてたんじゃなかったのか」

修二は首をかしげた。

「こないだお母ちゃんが来た時、百枝の話をしたんじゃなかったのか」

「話してた。難しくてよく分かんなかったけど」

「養女に貰われたんだって。人攫いに遭ったようなものだ」

「人攫い。百枝、攫われちゃったの」

「知らない人に連れ出されたことは確かだな」

「人攫いなの？」

「似たようなものだろう。それより、よく分からなかったら、なんでお兄ちゃんに話さなかったんだ」

「お兄ちゃん、百枝のこと知らなかったの」

「きょう初めて分かった。折笠先生から聞いたんだ」

「お母ちゃんは百枝は幸せな子だって言ってたよ」

「さあ、どうかな。僕にはそうは思えない。よく考えてみろ、百枝は独りぽっちになっちゃうんだぞ。だいたいおまえ、百枝がいなくなって寂しくないのか」

「うん。寂しい」

「百枝はもっと寂しい思いをしてるんだぞ」

亮平は話しているうちに目頭が熱くなった。

「今頃ひとりで泣いているかも知れない」

「百枝、可哀想だね」

修二も眼をうるうるさせていた。

「僕がお母ちゃんから話を聞いたら反対したのになぁ。あの時、先生たちに呼ばれてなかったら……」

亮平は歯を食いしばった。秋葉繁なんていうにやけた男にうつつを抜かすくらいなら、母は百枝と暮らすことを考えるべきなんだと思うそばから、それは出来ない相談だなと否定していた。母は住み込みの女中頭なのだ。

「百枝は泣き虫だったから、先生たちは手を焼いていたのかなぁ。そんなことはない。

あいつは可愛いので誰からも好かれていたんだ」

亮平は自問自答してから、気を取り直して箸を持って、アルマイト製食器に盛られた麦飯を掻き込んだ。

この夜、亮平はひそかに折笠雅子の部屋を訪れた。

折笠先生はにこやかに亮平を迎えてくれた。

亮平は、百枝について、弘子と修二と話したことを折笠先生に明かした。

「僕は反対しなかった姉を恨みました。しかも僕のいない所で、母は姉と弟に百枝が養女になる話をしたのです。百枝が養女になって幸せになれるんでしょうか。兄弟がバラバラになってしまうなんて、おかしいと思います」

「先生はよく分からない。ただ百枝ちゃんが幸せになれると、亮ちゃんのお母さんと伯母さんは考えたことは確かでしょう」

「姉もそう思っているようです」

「もらわれて行ったお家に馴染めるかどうかなら、百枝ちゃんは大丈夫よ。気が強いところがあるけれど人なつこくて可愛い子だから、心配ないと思う」

折笠先生のこのひと言でどんなにホッとしたか分からない。

亮平はにこっと微笑んで、緑茶を飲んだ。

「亮ちゃんが妹思いの優しいお兄ちゃんであることが、先生はとっても嬉しい。弘子ちゃんはしっかりしているけれど、ちょっと冷たい感じがするし、修ちゃんはまだ頼りないからねぇ」

「百枝は泣き虫だったので、先生たちは困っていたのですか」

「そんなことありませんよ。百枝ちゃんが養女になって、果たして幸せになれるかどうかを心配しない先生は一人もいません。松尾先生は、いとも簡単に養女に出すことを決めた母親の気が知れないって怒ってましたよ。お母さんと男性の問題を考えて感情的になる面はあるんでしょう。先生にもそれがないとは言えないわ」

亮平は深く頷いた。

「亮ちゃんが百枝ちゃんの行く末をこんなに心配して、夜遅い時間にわたしの部屋に来てくれたことを先生は忘れませんよ。それだけでも百枝ちゃんは幸せです」

折笠先生に頭を撫でられて、亮平は胸が熱くなった。

亮平は折笠雅子と別れて、便所で用を足して洗面所で泣き顔をごしごしこすった。

そして、ベッドに入ると、仰臥(ぎょうが)の姿勢で眼を瞑(つぶ)り、両手を合わせた。

「イエス・キリスト様、どうか百枝を幸せにしてください。百枝は良い子なので、幸せになれると思いますが、イエス様も力を貸してください。アーメン」

声にこそ出さなかったが、「神のご加護を」と祈ったのは、亮平がめぐみ園の園児になって初めてのことだった。

第三章　暴力少年

1

母の百子が客間でお琴を奏（かな）でている。それも『さくらさくら、やよいの空は……』と鼻唄（はなうた）まじりだ。小紋の和服姿が眩（まぶ）しいほど美しかった。

聴き入っているのは亮平、伯父の杉田保、作家の平田小六の三人。

亮平は野球のユニホーム姿で、帽子とグローブを握り締めて、座布団（ざぶとん）に正座していた。

伯父は軍医の制服、平田はよれよれのオーバーコート。時代も季節も不明だが、平田がからから笑ったところで目が覚めた。

百子は静岡市内の旧家で育った。旧制の女学校時代に習い事で箏曲（そうきょく）を覚えたという。

「静岡市内は町並みが碁盤の目のように良く整備されていたのよ」

母が姉の弘子に話していたのを思い出した。

めぐみ園に来てから、亮平は洗面所でも礼拝時でも、楚々として清々しい母を目に浮かべていた。心ここに非ずだ。

亮平は市川の家の縁側で、編み物をしている母の前に座り込むのが大好きだった。母の鼻唄が気に入っていたせいでもある。百子はソプラノの声がきれいだった。ほとんどは童謡だった。十八番は〝叱られて〟で〝みかんの花咲く丘〟や〝月の沙漠〟も得意だった。〝花〟を口ずさむこともままあった。

弘子が幼稚園の頃だから亮平は四歳の頃と思える。

編み物の毛糸の束を、肩幅に広げた手に通して、球にする手伝いをした記憶もあった。

それにしても、夢での伯父と平田の取り合わせは不可解だ。エリート医師と農民文学者。父の三郎が現れなかったのも解せない。

伯母の早苗はもとより、伯母の言いなりだった母は許し難いが、今現在の母は離婚して解放感に浸っていると思うしかないのだろうか。自分を虐げた父と別れ、青春時代に還ったような気分とも思える。

百枝が養女に貰われてからまだ一月ほどだ。亮平は百枝の話題を弘子や保母の先生たちの前では出さずにいたが、一日たりとも忘れたことはなかった。不思議なのは、母に会いたいとの思いが急速に薄れたことだ。そんな時、母の夢を見たのだから不思議でならない。

弘子が時折り亮平に話しかけたそうな素振りを見せるが、亮平はつんとした顔をそむけ続けていた。

姉は母、伯母とグルで、百枝をめぐみ園から放出した。許せないと亮平は思う。ただ、「おまえは百枝の幸せを神に祈ってあげればいいの」と言った弘子の言葉に、多少救いがあると思っていた。

良い事が続いた。登校後すぐに亮平は池田健二に声をかけられたのだ。

「学校の帰りにうちに来んか。おっかあが杉田に落花生をあげたいって」

昭和二十五年十一月十一日土曜日のことだ。

「畑の作業を手伝えって言われてるけど、一回ぐらいサボってもいいか。分かった。行くよ」

亮平は笑顔で返事をした。

落花生も魅力的だが、お風呂（ふろ）を当てにしていたのだ。

放課後、亮平は石橋太郎と久保田勝を廊下に呼んだ。

「池田の家に行くことになったから作業に出られないんだ。高井さんと園田さんによろしく言ってくれないかなぁ。後で必ず謝りに行くから」

「亮ちゃんの分は俺たちがやるから心配するなって」

「勝は宿題を頼みたいんだろう」

「太郎だってそうじゃねぇか」

石橋と久保田は肩を小さくぶつけあった。

「池田が僕を誘ってくれたのも、そうだと思う。本当はおまえたちも一緒に誘ってあげたいんだけど、図々しいよなぁ」

「亮ちゃんは格上なんだよ。勝も俺も亮ちゃんのお陰で助かってる。俺たちはめぐみ園以外に友達は出来っこねぇし」

亮平が気まずい思いで、顔をしかめた時、池田に「おーい、杉田!」と手招きされた。

「じゃあなぁ。お願いする。僕の昼食は二人で食べていいからな」

亮平は二人に向かって手を振った。

この日、亮平は池田家で大歓待を受けた。

昼食のご馳走の豪勢さといったらなかった。

「残り物で済まんけどよ」

池田の母親は決まり悪げに言ったが、秋刀魚の塩焼きが残り物とは考えられない。

池田の両親と兄の光一も一緒だった。

野菜の天婦羅、卵焼き、ひじきの煮物、豆腐の味噌汁。きわめつきは赤飯だ。

「凄いご馳走ですねぇ。きょうはなにかあったのですか」

亮平の質問に、池田が両親に眼を遣りながら答えた。

「俺の誕生日なんだ。夜、杉田を呼び出すのは難しいだろう。お昼にやろうっておっかあが考えたんだ」

「おめでとうございます。池田君は満十二歳になったんですね」

「杉田はいつだ。誕生日」

「一月二十五日。君のほうが二か月ほどお兄さんなんだ」

「そうなんだぁ。さあ、どんどん食べてくれよ。算数と国語の宿題があっから、急いで食おう」

池田ががつがつやり出したので、亮平も安心して後に続けた。

亮平と池田は食事後、二階の六畳間で宿題に取り組んだ。

けっこうな分量で、終わるまでたっぷり一時間も要した。

途中、光一が様子を見にやってきたので、最後は、いがぐり頭が三つになった。

池田兄弟は顔がそっくりだ。特に眉毛の濃さとくりくりした眼は双子と思われても仕様が無い。上背の差で、兄弟だと分かる。

「おまえの姉ちゃん、杉田弘子だろう。すごく勉強出来るじぇぇ。クラス一だもんなあ。何より可愛いべぇ」

「同じクラスですか」

「うん」

「姉が可愛いなんて初めて聞きました。勉強が出来るとも思えないけど」

「弟のおまえのことを自慢しとったじぇぇ。弟がお世話になっていますと言われたけどよう。風呂のことを話したんか」

「いいえ。一度も話してません。定岡信夫さんからの又聞きだと思います」

「定岡もおまえのことを褒めてたぞ。あいつは俺と同じでぼんくらだが、良いヤツだよなぁ。おまえのことをめぐみ園の誇りだと自慢しとった。薬園台小学校でクラス一だとすれば自慢したくなるべぇ」

「兄ちゃん。杉田はクラス一どころか学年一、全校一だと思う」

「ふうーん。喧嘩も強いらしいな」

「池田君、ボクシングのことお兄さんに話したの」

「うん。学校の先生たちも知ってるよ。秋山が話しとった」

思い過ごしかも知れないが、先生たちの俺を見る眼が変ってきた。音楽と家庭科は女性教師だが、急に優しくなった気がする――。

亮平は胸中とは裏腹に顔をしかめた。

「ガキ大将ってだけのことだよ」

ボクシングの効果は絶大だったらしい。こうして池田家に招かれ、ご馳走をふるまわれたことが、そのなによりの証ではないかと亮平は思い、頬をゆるめた。

「おまえが二宮中学校に来る来年の四月が楽しみでなんねぇ。上級生にも可愛がられっからよ」

「いじめられるっていう意味ですか」

「バカヤロウ、冗談じゃねぇ。二宮中にいじめなんてある訳ねぇべぇ。まずクラブ活動で、おまえの取り合いになるじぇぇ。英語部や新聞部がおまえを狙うよ」

「クラブ活動ですか。運動関係ではどういう部があるんですか」

「野球部、卓球部、陸上部の三つしかねぇ。最近赴任してきた先生が柔道部を創るっていうわさがあるけど、難しいべぇ」

「兄(あん)ちゃん、どうして？」

「希望者がいるか。それと道場を作れるかどうかも問題だべぇや。とにかく杉田は引っ張りだこになるじぇぇ」

「杉田、どうすっぺ」

池田に顔を覗(のぞ)き込まれて、亮平はにんまりした。

「野球部かなぁ」

「えええっ！」

光一が素(す)っ頓狂(とんきょう)な声を張りあげた。

「お、おれ野球部。ライ・パチだけどレギュラーだからな」

ライ・パチとは守備はライト（右翼手）で攻撃は八番バッターという意味である。

「一年生のレギュラーはいますか」

「いない。おまえならレギュラーになれるかもなぁ。ユニホームは持っとるんか」

「はい。最初はだぶだぶでしたが、今はぴったりです。ズボンはよく穿(は)いてるので新品同様とはいきませんが、上着は新品です」

亮平はドキドキ、ワクワクしていた。小濱浩からグローブを取り返せるチャンスと考えたのだ。言葉が少しうわずったのは、そのせいである。

「キャプテンに、おまえが野球部に入ってくれるって、話していいか。話すからな。頼むよ」

「グローブも自前なんですか」

「うん」

「グローブが手に入るかどうか分からないので、まだ決められません」

「兄ちゃん、まだずっと先のことじぇ。キャプテンに話すのはおかしいよ」

「うっせえなぁ。おまえは黙ってろ。グローブは野球部でなんとかなるよ。今すぐ話すのはやめるが、野球部に入ってくれよな。頼む」

光一に拝まれて、亮平はいっそう嬉しくなった。

「なるべくそうします」

「ありがとなぁ。おまえの姉ちゃんは、夏休みにコーラス部がスカウトしたんだって。前の学校でコーラスやってたことを担任教師が知ってたんだってよ。野球部の練習試合で、おまえの姉ちゃん見かけて、ちょっと騒ぎになったんだ」

亮平は弘子がコーラス部に入った話を聞いていたが、なんのことやら分からなかった。めぐみ園にはコーラス部などない。弘子が二、三度外出したのは、そういうことだったのか。なにも明かさない姉をうとましく思った。

宿題を終えたあとは入浴時間だ。

池田家の浴槽は広い。亮平と池田は湯をかけたり、石鹸を塗りたくったりして、ふざけ合った。

亮平は、池田の母親からお土産に殻付きの落花生をどっさり貰った。

「湯冷めして風邪を引かれたら、えらいことやからな」

池田の父親が亮平を小型トラックで送ってくれた。助手席に池田と並んでいる。亮平はしばし幸福感に浸った。

2

亮平は貰ってきた落花生を四等分して、定岡、久保田、石橋の三人に与えた。

「〝誠の部屋〟と〝望の部屋〟でみんなで食べよう」

「ありがとう。これは俺が預かっておく」

定岡は落花生の入った袋を亮平からとると、抱え込んだ。

園児たちはいつも飢えていた。亮平には定岡の気持ちが痛いほど分かった。

〝親子丼、お寿司弁当サンドイッチ、ラムネにサイダー、牛乳〟節を付けると歌になる。こんな歌が〝望の部屋〟では流行っていた。園児の食べたい物、飲みたい物を並べただけだが、願望が込められていた。

定岡が下痢と腹痛を訴えたのは翌日の昼下がりのことだ。食中りにしては、痛みが激しく、顔色の悪さと言ったらなかった。

定岡は蒼白な顔で一時間に数回も便所と〝望の部屋〟を往復した。むろん保母の折笠先生から正露丸をもらって服んだ。しばらくして下痢は収まったが、腹痛は間断なく続いた。

亮平は昨夜定岡が落花生を食べ過ぎたに相違ないと思い、しつこく訊いたが、定岡は「食べてない」と力なく言って、首を左右に振り続けた。

折笠先生は、自室に定岡を連れて行き、ベッドに横たわらせて静かに訊いた。

「南京豆美味しかった？」

「………」

「信夫ちゃんのベッドの中に南京豆の殻があったので、すぐ分かった。どのくらい食べたのかな」

「………」

「十粒ぐらいですか」

「もうちょっと」

「誰から貰ったの」

「亮平」

「まだあるんでしょう」

「はい」

「どこに」

「〝望の部屋〟の段ボールの中にあります」

折笠先生は突き止めるのが早かった。

亮平は折笠先生に呼び出され、すべてを告白させられた。

「南京豆をここに持ってきなさい。勝ちゃんも太郎ちゃんも同じです。亮ちゃんから伝えて、直ちに持ってこさせなさい。ついでに、信夫ちゃんの残りが段ボールに入っているので、持って来るように」

「はい。分かりました」

定岡が泣きそうな顔を亮平に向けて、「ごめんな」と小声で言った。

「亮ちゃんは、反省しているのかな」

「はい。先生たちに相談すべきだったと後悔しています。申し訳ありませんでした」

亮平、久保田、石橋の三人が持ち込んだ落花生の分量に、折笠先生はびっくりして、眼をしばたたかせた。

「こんなに一杯あったの。これだけの物を四人で食べようと考えた亮ちゃんは間違ってます。」

相澤先生に渡さなければいけませんでしたね」

相澤尚子は炊事係の気の良い三十代の小母さんだ。相澤も含めて、女性職員は全員先生と呼ばれていた。

「信夫ちゃん、お腹の調子はどうなの。まだ痛む」

「はい」

定岡の返事は蚊の鳴くような声だった。

「先生は盲腸炎を心配してるのよ。そうだとしたら、〝お母さん〟と〝お父さん〟に報告しなければならないから、気が重いったらないわ」

「大丈夫です。必ず治ります」

定岡の声は悲痛なほどうら返り、亮平の胸に鋭く響いた。

折笠雅子の厭な予感が的中し、翌日の月曜日にめぐみ園診療所の吉見紀夫医師と浅野正義医師は「直ちに手術しましょう」と言い切った。吉見は外科医、浅野は内科医で、年齢は共に三十代半ばだ。

月曜日は通院の患者が多い。

「夜までもちませんか」という園長の質問に、二人の医師は「まさか」と答えた。

「手術は診療所が終ってからにして下さい。定岡信夫にはもっともっと苦しんで貰いましょう。神が与え給うたバツですよ。費用のことを考えたら大変なことです」

吉見も浅野も黙って下を向いた。

〝お母さん〟の小濱園長は、この日午後四時頃学校から帰ってきた亮平を応接室に呼びつけた。

「おまえは悪い子ですね。定岡信夫を盲腸炎にしたのは杉田亮平、おまえですね。違いますか」

「……………」

「責任を感じているんですか」

「はい」

「そう。責任をどう取るのかな」

「分かりません」

「盲腸炎の手術代を弁償して貰わないと……」

「僕には払えません。お金がありません」

「なにかアルバイトをして貰うのはどうかな。自分でアルバイトを探せるかな」

「いいえ」

「ゆっくり考えましょう。午後七時半頃から手術が始まるので手術室に来るように。ついでに久保田勝、石橋太郎も誘いなさい。これは見せしめです。こういうことを二度と起こしてはいけないと反省しながら手術を見学しなさい」

「分かりました」

亮平は応接室から〝誠の部屋〟へ行き、久保田と石橋を廊下から手招きした。

「〝お母さん〟にお説教され、ひどい目に遭った。七時半頃、信夫ちゃんの手術が始まるから、三人で見学しなさいって命令された。このことは見せしめだってさ。手術代を弁償しろと言われたけど、笑いながら話してたから冗談だと思う」

「〝お母さん〟って優しそうな顔で得してるけど、底意地悪いよなぁ」

「勝ちゃんはめぐみ園の一期生だから、いろんなことを知ってるんだ」

「亮ちゃんに八つ当たりするなんて、どうかしてるよ」

「確かに僕の責任は大きいけど、手術代を弁償しろとまで言われるとは思わなかった。

小学生にアルバイトしろなんて、普通言わないだろう」

「いちばんいけないのは信夫ちゃんだよ。夜中に落花生を何十粒も食べるなんて、いくら空き（す）っ腹でも信じられねぇや」

「勝ちゃんの言う通りだよ。お陰で、楽しみにしていた落花生を〝奥〟にめしあげられちゃった。折笠先生の話だと、〝お母さん〟は『いわく付きの南京豆は焼却処分するのがよろしい』と言ったらしいけど、勝ちゃんはどう思う」

「そんな勿体（もったい）ないことする訳ないよ。〝お母さん〟も〝お父さん〟もけっこうけちんぼだから自分たちで食べるに決まってる」

それを聞いて亮平は顔をほころばせた。

「ホッとした。捨てたりしたら池田君のお母さんに申し訳ないものな。しかも園長と理事長が食べましたと聞いたら、池田君はまんざらじゃないと思うよ」

「美味しかったって言うだけで、いいんじゃないかぁ」

「俺も勝の意見に賛成だよ」

「二対一か。そうするとしよう」

亮平はませた口調で返し、二人と別れた。

夕食後に辛（つら）い体験が待っていた。

亮平、久保田、石橋の三人は、看護婦の指導で手洗いと消毒を厳重に行い、マスクと三角巾を付けて手術室に入室させられた。

手術が始まると小濱守見子園長は一、二分でいなくなったが、すぐ浩がやってきて「おまえたち、第一回目の体罰だからな。最後までよく見ておけ」と凄まれたのには背筋がぞっとし、三人ともふるえあがった。

浩が五分ほどで退出したあとで、手術中の吉見医師がちらっと三人のほうに眼を流した。

「君たち、もう帰っていいよ。盲腸炎は落花生とは関係ないから心配するな」

「ほんとうですか。僕のせいではないんですか。信夫君をよろしくお願いします」

亮平は三人を代表して礼を言い、最敬礼した。二人が亮平の最敬礼に続いた。

三人は診療所から園舎に移動して、廊下でしばしひそひそ立ち話をした。

「〝お母さん〟が最初のほうは見てたけど、気分悪くなったのかなぁ。僕、吉見先生がメスをぶすっと入れた時は眼を瞑ってたよ」

「俺はずっと見ていた。どうってことなかったけど。わずか十分ほどだし」

亮平は話しながら眼をぎゅっと瞑っていた。

「太郎君は強いなぁ。僕はずっとドキドキしていた」

「太郎は強がりだろう。一度の体験でもうご免だね。三十分間は覚悟してたけど、吉見先生のお陰で三分の一に短縮された訳だね」

「亮ちゃんは、浩ちゃんの威しをどう思ってるの」

「それこそ勝君から聞きたい。一発ぶんなぐられるくらいならよしとしなければなぁ」

「根性が腐ってるから、単なる威しと思わないほうがいいんじゃないのか」

「浩ちゃんの陰険さ、暗さは始末が悪いからなぁ。対策を考えないとねぇ。逃げ回ればしつこく追い駆けてくるだけのことだろう。一つ考えられるのは高井さんと園田さんの力を借りることじゃないか」

「賛成」

「俺も」

勝が挙手をして、続けた。

「亮ちゃんに任せるよ」

「分かった。まだ八時前だから、高井さんと園田さんに会って相談する」

勝が亮平に身を寄せた。

「消灯時間まで一時間以上あるね。結果を教えてよ」

「いいよ」

3

高井と園田はベッドに寝そべってラジオ放送を聴いていた。

「こんばんは。亮平です。いいですか」

「おっ。よくきたな」

高井は上体を起こし、ラジオを消した。

「亮平も寝ころがれよ」

「いいえ」

亮平はいつもの丸椅子(まるいす)に座った。

「グローブを触りにきたんか」

「それもありますが、もっと大事なことです」

亮平はしばしば二人の部屋を訪れた。壁に吊(つ)るしたグローブを何度か触ったり、撫(な)でたり、時には嵌(は)めて貰ったこともあった。

亮平は部屋に入るなり十五分ほどしゃべり続けた。

「おまえはいつもながら話が上手(うま)いなぁ。説明力はめぐみ園一だ」

「高井さん、ありがとうございます」

「それにしても落花生を食って、盲腸とは切ない話だなぁ」

「泣けてくるな」

園田はわざとらしく眼をこすった。

「小濱浩の威しに遭った亮平たちは気が気じゃないよなぁ。我々に助けを求めてくる気持ちもよく分かるよ。園(その)ちゃん、どう思う」

「難題ですねぇ。あいつだけは手が付けられないからな。こないだのボクシングで俺たちを恨んでる節もあるしねぇ」

「二回戦を誘ったら、どう出るかなぁ」

「妙に気が強いのもあいつの欠点っていうか性格だから、断ることはないでしょう」

「ふうーん。なるほど。二回戦で負けてやる手があるかぁ」

「だったら、俺の出番です。高井さんより弱いことは分かり切ってるし、うまーくぶっ倒れてやりますよ」

「分かった！」

亮平が大きな声を出した。

「おまえ、なにがどう分かったんだ」

「グローブ嵌めていいですか」

「ああ、いいよ」

園田が壁に吊るされたグローブを外して、亮平の膝に乗せた。

亮平はにこにこしながら、グローブを左手に嵌めた。右手のグローブは園田が手伝った。

「おまえ思わせぶらないで、早く何が分かったのか話せよ」

亮平は起ちあがって、ファイティングポーズを取った。

「僕が浩ちゃんと闘えばいいんだ。いくら頑張っても一発でノックアウトされちゃう。そうしたら、当分は浩ちゃんのいじめはないと思います」

「おもしれぇ。さすが亮平だな」

「高井さん、感心してる場合じゃありませんよ。高井昭一対小濱浩どころのハンディじゃない。ハンディがあり過ぎて、危ないでしょう」

「大袈裟な。グローブのパンチでぶったおれても、大したことはないって」

こんどは高井がグローブを取って、園田に手渡した。

「俺が嵌めるんですか」

「そうそう」

高井は、園田がグローブを嵌め終るやいなや、腰をあげ、首を思い切り左にねじった。

「試しに一発くらわしてみてよ」

「えっ！　いいんですか」

「ああ。遠慮なくやってくれ」

「じゃあ」

園田の左手のグローブが高井の右頰に当たった瞬間、亮平は息を呑(の)んで眼を瞑った。

「左手だし、手加減してるから、痛くも痒(かゆ)くもない」

高井はけろっとした顔でのたまった。

「もう少し力を入れて、もう一発やってくれ」

「よし、やるぞう」

亮平の眼にはパンチが炸裂(さくれつ)したと映ったが、踏んばって立っている高井はちょっと揺らいだだけだった。

「ＯＫ。今のもジャブ程度だな。亮平、おまえのグローブを返せ」

高井は亮平のグローブを外し、亮平の手を借りて自分の両手に嵌めた。

「こんな狭い所で高井さんと大立ち回りですか。勘弁してくださいよ」

「違う違う。作戦会議だよ。まず亮平に防禦を徹底的に叩き込むんだ」

高井はグローブを立てるポーズでガードを固めた。

「顔面に打つのを反則にすれば、胸と腹は守れるだろう。グローブの上からでも、力の差で、利いてくるが、時間は稼げる」

「何かハンディを考えるべきです。浩の攻撃は左手だけにするとか……」

「なるほど名案かもなぁ。俺は試合を面白くするために、亮平にだけ浩の顔面を打たせることを考えたんだが。亮平のまぐれ当たりが一発ぐらい浩の顔面にヒットすることもあり得るんじゃないかなぁ」

「浩は上背があるから、相当飛び上がらないと届かないんじゃないかなぁ。左手だけのほうが無難ですよ」

「浩の返事はノーだろうな。ひょっとしたら負けるかもしれない」

「亮平にチャンスあり、いいんじゃないの」

大の大人が夢中で話している。悪くない。印象的な光景だと亮平は思ったが、ここは一言あって然るべきだ。

「高井さん、僕は勝つのが目的ではありません。万一そんなことになったら、浩ちゃんの恨みが膨らむだけで、僕の恐怖心が大きくなります」

「うんうん。亮平はどう考えてるんだ」

「お互いに両手を使えて、僕だけ顔面ありが面白いと思います」

「よかろう。左手だけと、お互いに両手を使えるけど、亮平のみ顔面ありの二つのハンディのうち、浩の野郎がどっちを選択するかの問題だな」

「これで決まりですね」

「ありがとうございました」

頭を下げ、帰ろうとした亮平を、高井が引き止めた。

「ちょっと待て。毎日、午後七時半から三十分間、ボクシングの手ほどきをしてやる。二人一緒の時が多いが、どっちか一人の時もあるかもしれない。俺たちにとっても亮平と話したり遊ぶのは楽しいからな。遠慮せずにやって来い。ただし、内緒だぞ」

「はい。嬉しいです」

「よし、帰っていいぞ」

園田がドアを開けて亮平の背中を押した。

亮平は鼻唄まじりで、〝望の部屋〟に戻った。久保田勝と石橋太郎への報告は、明朝の楽しみに残しておこうと決めたのだ。

翌朝、六時半頃、亮平はめぐみ園の門前で小濱浩を待ち受けていた。

高校へ電車通学している浩の朝は早い。

「なんだ！　おまえ。俺に喧嘩売ろうっていうのか」

浩は亮平を見るなり身構えた。ついぞなかったことなので、びっくりして当然だ。

浩は学生服の上にコート、亮平はセーター姿だった。

「おはようございます。きのうは色々ありがとうございました」

亮平は緊張していたが、存外スムーズに声を押し出せた。

「ああ」

「二、三分よろしいですか」

浩は腕時計を見た。

「一分しかない。バカヤロウ。用件を早く言えよ」

「浩ちゃんとボクシングの試合がしたいんですけど。第二の体罰を受ける気分です。ただ力が違い過ぎるので浩ちゃんは右手のグローブはガードだけにしてください。それとも両手で打ち合って僕だけ顔面を打てる。そういうルールでもいいと思います」

「それはおまえだけの知恵なのか」

「いいえ。高井さんと園田さんに相談しました」

「歩きながら話そう。あいつらにしてはまともな考えだな」

「どっちとも嫌なら、ハンディなしでも仕方がないと思います。落花生を信夫ちゃんに食べさせた僕は、バツを受けなければなりません」

「おまえの挑戦受けてやるぞ。ハンディなしは俺の名が廃る。俺の顔に打たせてやろうじゃねぇか」

「はい」

「なんだと。おまえ俺の顔を打てると思ってるんか」

浩は足を止め亮平に接近し、カバンを左手に持ち替えて、右手で亮平の左頬を強くつねった。

「打てっこないです」

「当たり前だ。バカヤロウ！　親父とおふくろに話すのか」

「浩ちゃんの意見に従います」

「きょうは友達の家に寄るので帰りが遅い。あしたの朝、同じ時間にここで会えるか」

「はい」

「どういう風にするかは、それまでに考えとく。高井と園田以外に誰にも話すんじゃねぇぞ」

「分かりました」

亮平は浩が背中を向けたので、左頬を撫でながら走って園舎に戻った。

亮平が久保田と石橋に、昨夜高井たちと、第二回ボクシング大会で自分が浩と闘うことを話したと明かすと、二人とも相当興奮した。

「亮ちゃんだけが御仕置きを受けるのはおかしいじぇー。俺たちも浩ちゃんのパンチを一発受けてやる。なぁ、太郎」

「うん。いいよ」

「浩ちゃんに憎まれているのは僕だから、二人とも心配するなよ」

「うん。そうだなぁ」

久保田の返事は早かった。タネを蒔いたのは亮平だと顔に書いてある。

『久保田も石橋も小濱浩の眼中にない』と亮平は言いたいくらいだったが、無論口にはしなかった。

4

十一月中旬の朝未き、外は薄暗く、肌寒かった。

杉田亮平は午前五時頃には目覚めてしまい、ベッドの中で三十分ほど、もじもじごそごそしていた。昨夜、早くベッドに横たわり、消灯時間前に眠ってしまったせいもある。

起床時間は六時なので頃合いと思い、寝間着から不断着に着替えた。二段ベッドのきしむ梯子を降りたが、誰にも気付かれなかった。

気持ちが高ぶっているためか、いつもの順序を間違え、洗顔と嗽が先になり、排泄が後回しになった。

亮平は〝望の部屋〟に寄ってジャンパーを着て、講堂に向かった。講堂の大時計を見上げると、まだ五時五十分。浩との待ち合わせ時間まで四十分もある。いくらなんでも早過ぎた。

「バカだなぁ」と呟いて、講堂の中をゆっくり一周した。自分ではゆっくり歩いているつもりだが、けっこう早足だった。それも鼻唄まじりだ。

夜の銀座は　七いろネオン
誰にあげよか　唇を
かりそめの恋　ああ虹の恋
ふと触れ合うた　指かなし

小学四年生の頃、六年生のガキ大将引率のもと、自宅近くの銭湯の往復で手拭いをしょって、意気がってよく唄っていた。当時はただ唄っていただけだが、今なら意味も分かる。

「あっ、いけねぇ。めぐみ園一の大悪と対決しなければならないんだ」

朝だ夜明けだ　潮の息吹き
うんと吸い込む　あかがね色の
胸に若さの漲る誇り
海の男の艦隊勤務
月月火水木金金

亮平は気合いを入れるため唄を替えた。

作詞者は父三郎たちの従兄弟の高橋俊策と聞いた覚えがある。

講堂の黒板の前には、模造紙に筆で書かれた讃美歌の歌詞が十二、三枚ぶら下がっていた。

亮平は讃美歌集には見向きもしなかった。

バチ当たりにもほどがあるが、もっと上がいる。大バチ当たりは小濱浩のほうだ。こともあろうに受洗したクリスチャンと称している。

亮平は六時二十五分頃、門前に立った。三十秒ほどだが、走って来たので、肩で息をしていた。

母の百子を待ち侘びた場所だ。秋葉繁のにやけ面が嫌でも思い出される。三歳の妹、百枝が連れ去られた出来事も思い出されてならない。昨夜は三人の顔は目に浮かばなかったのに。

オーバーコート姿の浩がやっと現れた。亮平はずいぶん待たされた気がしていたが、約束は六時半なので、二、三分の遅刻に過ぎなかった。

「おはようございます」

「おおう」

亮平は、ゆるんでいる浩の顔を初めて見た。しかし、切れ長の目が笑っていないのには気づかなかった。下ぶくれの大きな顔はいつもながら険しく尖っている。

「おはようございます」

亮平はもう一度頭を下げた。浩の様子を薄気味悪く思いながら笑顔をつくり、返事を待った。

すると、右手のカバンが左手に移った刹那、浩の拳が亮平の左頬を強打し、亮平は吹っ飛ばされた。

亮平はどすんと尻餅をつき、背中をしたたかに地面にぶつけた。

「卑怯者！」

亮平は思わず発したが、『しまった』と思った。

「なんだと！　もう一発、見舞ってやるか」

長身が眼の上に迫ってきた。亮平は仰向けのまま、声をふりしぼった。

「ごめんなさい」

「おまえは親に見捨てられた孤児だ。ここが孤児院であることを忘れるな。俺様とボクシングをやれる身分じゃねぇだろう。バカヤロウ！」

「……」

「忙しくてボクシングをやる暇はねぇからな。高井と園田にも言っとけ。バカヤロウ共、いい気になるんじゃねぇよ。おまえがぶっ飛ばされたことが理事長の耳に入ったら、ほんとうにぶっ殺すからな。きょうのところは一発で許してやる。あとはおまえの出方次第だ」

「……」

「バカヤロウ。返事しろよ」

「はい」

亮平が左頬に痛みを感じたのは、浩の姿が視界から消えてからだ。唇にも違和感があったので、こわごわ指で触った。血がにじんでいるが出血量は少ない。右の臀部の痛みもさしたることはなかった。

「ひでえ奴だ。卑怯者！　浩の大バカヤロウ！　許さんぞ」

亮平は起ち上がって吠えたが、大声のひとり言に過ぎなかった。両手をぶらぶらさせたあとで、服のゴミを払った。肩も背中もなんともなかった。

「大したことはないな」

亮平は走り出しかけたが、足に痛みが走る。そこまで甘くはなかった。「ゆっくり、ゆっくり」と自分に言い聞かせた。

「歩いてもそれほど痛くはないし、どうってことはないや」

小濱浩は亮平を力まかせにぶんなぐった後、習志野駅へ向かって歩きながら、昨夜遅い時間に母親とやりとりしたことを反芻していた。

「亮平が今朝俺を待ち受けていて、俺とボクシングをやりたいと抜かしやがった。落花生事件の体罰を受ける気分だとか言ってたよ」

「ボクシングはおよしなさい。ただし、亮平は一度お灸をすえる必要があるわね。頭の良いことを鼻にかけて、いい気になっているから、ほっぺたの一つも叩いてやりたいぐらいよ」

「へーえ。おふくろの許可が出たとは驚いたなぁ」

「お仕置きには手加減をしないとね。お父さんには話さないほうがいいでしょう」

「親父は寝たの？」

「ええ。お父さんは亮平に優しいから。たしかにあんな子が園児で入ってくるとは思いもよらなかった」

浩は手心を加えずに、思いきり亮平をぶんなぐったことを思い出して、苦笑を浮かべた。右の拳が少し痛いのはそのためだ。

「卑怯者！」と叫んだ時の亮平の顔が目に浮かんだ。浩は唾を吐いて、亮平の顔を頭から消した。


亮平は浩の右拳を一発くらっただけで、一応終ったと思いながらも〝望の部屋〟にたどり着くと怒りと悔しさが込み上げてきた。

『あのバカは何様のつもりだ。ただの引き揚げ者じゃないか。あいつが孤児になった可能性も大ありだ。孤児や園児を抱えられたからこそ、東京の有名私立高校に通学して、贅沢三昧の暮らしができるんじゃないか。

バカヤロウはどっちだ。浩の大バカヤロウを絶対に許さんからな。必ず仕返ししてやる！』

亮平は胸の中で叫び虚空を睨みつけた。

メンソレータムを唇にこすりつけながら固くて冷たい椅子に座る。

そして、ちっぽけな頭脳を駆使して懸命に思案した。

浩のバカは……。バカでもないか。悪知恵に長けた、うす穢い奴だ。どうやって懲らしめようか。

定岡信夫は〝望の部屋〟の八人が束になっても、浩に負けるようなことを言ってたが、果たしてそうだろうか。バットを使う手もある。いやいや暴力沙汰はよくない。だが浩を退治し、成敗しないで、どうするんだ。浩がめぐみ園一のワルであることは周知の事実だ。浩から虐待されたことを明かさなかったら男が廃る。姉の弘子に相談するのはどうか。あいつは杉田家の長子で、市川時代はわがまま放題に育てられた。幼稚園に通えたのも弘子だけだ。

いけない、いけない。僻み根性が過ぎるな。でも、姉は母親似で身勝手だ。あいつが百枝の放出に一役買った事実を肝に銘じておかないで、どうするんだ。だいたい弘子に意見を求めて成果を期待するほうが阿呆だ。バカは自分じゃないか。分かった分かった。

亮平は首をひと振りして、腕組みした。

やっぱり高井さんと園田さんに相談するのが先決だ。

おっと忘れていた。久保田勝と石橋太郎に浩の暴力沙汰を話すべきなのは言わずもがなだが、それは高井さん、園田さんの後だな。

せっかちでそそっかしい僕が、きのうの早朝、浩にしたたかにつねられた一件を久保田と石橋にまだ話さなかったのは、われながら褒めてやれるな。辛抱辛抱。ここは我慢のしどころだ。

待てよ。夕食まで我慢できるか。できっこない。そのぐらい辛抱しろよ。ま、ちょっとぐらいならいいか。どうせ話すんだ。昼休みに学校で話そう。無理だ。登校時が良い。これで決まった——。

石橋太郎が一歩早く〝望の部屋〟に現れた。

「どうしたの。きのうもイライラしてたよ。亮ちゃん、何かあったの」

「ああ。浩ちゃんに一発くらった」

「あっ！　唇に血がついてる」

亮平は石橋の胸を少し押した。

「でかい声出すなよ。おしりからドスンと倒れたけど、それほど痛くない。勝君には学校へ行くときに話すからな。きみは黙ってろよ」

「うん。だって俺よく分かんねぇや」

「いいから静かにしてろ」

亮平が右手を口に当てた時、どやどやと園児数人が入って来た。

定岡信夫はまだベッドの中だ。盲腸炎の手術で一週間の安静中だった。

六時四十五分から七時までの礼拝時も食堂でも、弘子も修二も亮平の異変に気付かなかった。

「おはよう」

「うん。おはよう」

亮平は鬱陶しそうに返事をした。姉は女子園児の中では成績優秀なので別格的存在らしい。ま、気のせいとは思うが。

5

弟の修二が亮平に寄り添ってきた。亮平は「おう」と声をかけた。

「お兄ちゃん、学校へ一緒に行きたい」

「きょうは駄目だ。勝君と、太郎君に話があるんだ。おまえ、のろま過ぎるぞ。僕にあんまりくっつくな」

「うん。でも……」

「でもなんだ」

亮平は弟につれないと思いながらも、修二の顔も母親とそっくりなのが気に入らなくなっていた。

だけど自分はどうなのか。背が高いのも手先が不器用なのも母親似だ。父親に似ているのは鰓の張り具合、小鼻の大きさと丈夫な白い歯ぐらいだろうか。どのみち遺伝子が良質とは思えなかった。

亮平はふと保伯父の優しい眼差しを思い浮かべた。

保伯父は凄い人だ。昭和二十年八月六日に広島に原子爆弾が投下された直後、政府調査団の一員として広島を訪問していた。被曝したに相違なかった。

アメリカ合衆国は八月九日に長崎にも原爆を投下した。二種類の原爆投下は許し難い。黄色人種なるが故だ。一日前、八日のソ連の対日宣戦布告はもっともっと悪質だ。

亮平は保伯父を思い出して、あれこれ考え過ぎたことが照れ臭かった。

生意気千万な兄を慕っている弟の面倒を見るのは、当たり前のことではないか。亮平は我が胸に言い聞かせた。

しかも、修二が最後の楽しみに取っている美味しい物を幾度横取りしたことか。食い物の恨みは恐ろしいとも言う。めぐみ園の貧しい食事ではいくらなんでも一度もないが、ただ給食当番で自身の飯盛を多くした覚えはある。

この日、朝食後、食堂前の廊下で、亮平は早口で修二に訊いた。

「おまえ、学校でいじめられてるんじゃないだろうな」

「ううん。俺……、僕、いじめられてない」

修二は頭を振った。

「臭えとか、残飯野郎とか言われたことないのか」

「あ、ある」

「誰だ。名前を言え」

「サッちん、山崎サッちんに言われた。そば屋の子で、男の子も口でサッちんに勝てるのは一人もいない。乞食とも言われた」

「注意してやろうか」

「ううん」

「どうして」

「中川サッちゃんが親切で僕を庇ってくれる。サッちんもサッちゃんも幸子っていう名前だと思う」

「いくら生意気でも二年生の女の子をぶんなぐるわけにはいかないからな。今度、言われたらお兄ちゃんが怒ってたって必ず言い返すんだぞ」

「僕、怖くて言えないよう」

「おまえは弱虫だなぁ」

「サッちんはヤクザの兄ちゃんがいるんだって」

「何年生なんだ。ヤクザってことはないだろう」

「七人兄弟の上のほう」

「そうかあ。おまえに言っても分からんだろうが、触らぬ神に祟り無しかぁ。聞き流すしかないな」

「僕すぐ逃げるんだ」

「サッちんは乱暴するのか」

「しない。口だけ」

「それだけで逃げるのか」

「顔を合わせないように逃げてる」

「もういい。学校でも顔と手をよく洗うんだぞ。女の子なのに、臭えなんて言うのは根っこがヤクザだからだな」

「サッちんから逃げるのは僕だけじゃないよ」

「そうか。めぐみ園の園児だけじゃないんだな」

「うん」

「安心したよ」

「うん」

「おまえの面倒まで見られないからなぁ」

亮平は小声で付け足した。

6

久保田の態度は意外にも冷静だった。

「浩ちゃんって悪がしこいし、暴力をふるうから困るんだ。〝奥〟でも手を焼いてるんじゃないかなぁ。あのまま大人になったら、どうなっちゃうんだろう」

石橋が引き取った。

「勝は一期生だから俺より詳しいけど、〝お父さん〟も〝お母さん〟も分かってるんだよ。知らんぷりしてるけど、困ってるんじゃねぇのか。亮ちゃんがぶんなぐられたことを聞いたとしても、知らんぷりに決まってるよ」

「そうかなぁ。〝お父さん〟は普通の人だと思うぞ。かかあ天下は確かだけどな。朝の礼拝で〝お母さん〟を見たこと一度もないものなぁ。礼拝は〝お父さん〟の仕事だから仕様が無いとも言える」

「かかあ天下は間違いないよ。診療所も幼稚園も〝社長〟は〝お母さん〟だ」

「太郎君、髪結いの亭主っていう言葉知ってるか」

「知らねえ」

「そのうち教えてやる。そんなことより、きみたち〝奥〟を見たことあるのか」

「もちろん、あるに決まってる」

石橋は応じたが、久保田は黙って下を向いた。

「亮ちゃんは見たことないの」

「ああ。見る気はないけど、食い物とか全然違うらしいじゃないか。何もかも殿様と家来みたいなんだって？」

「弘子ちゃんから聞いたんだな」

「あいつとは口も利いてない。たまに〝奥〟で女中をやらされてるらしいけど」

「うんうん」

久保田が頷いた時、薬園台小学校に着いてしまった。

「きみたち、けさの事件のこと、しばらく伏せておけよ。高井さんと園田さんに相談してから方針を決めるからな」

亮平の命令口調に二人とも反発しなかった。

7

高井は亮平の話を聞いている間、腕組みして「うーん、うーん」と何度も唸り声を発し、園田は「浩には歯が立たないかぁ」と独りごちただけだ。

二人は一杯機嫌でベッドに寝そべって、小濱浩と亮平のボクシングのことを夢中で話していた。その時、亮平に襲われたのだ。

亮平は高井に促されて丸椅子からベッドに移動した。

「ボクシングは諦めるしかないな」

「僕はやりたいです」

「高井さんが断言するのはどうしてなんですか」

「理事長の肚までは読めないが、浩の一発があいつ一人の知恵とは思えないんだぁ。ボクシング一回戦の時の園長の態度を思い出せば分かるだろう。浩が俺の一発をくらった時、園長は悲鳴をあげ、顔色を変えていたと、後で保母さんたちから聞いたけど、グローブを俺たちから取りあげられなかったことも不愉快だったろうな。亮平への浩の一発は園長の知恵かもしれねぇぞ」

「だとしたら教育者にあるまじき行為じゃないですか」

「園長が浩には手を焼いているように言われているが、表面上はそうだとしても、末っ子の浩が可愛くてならないいんじゃないのかぁ。二人は顔もそっくりだろう」

「園長がそんな風だと、浩は増長する訳ですね」

「ついさっき、食事の前に松尾先生が浩ちゃんをボクシングに誘うのは諦めたほうがいいって言ってたなぁ。まさか亮平が浩にぶんなぐられたことを知ってるとは思えんが、一脈相通ずる話ではあるかもな」

亮平が口を挟んだ。

「浩ちゃんが、理事長の耳に入ったら、ほんとうにぶっ殺すぞって、凄んでました」

「浩に対する、母親と父親の思いは微妙に違うんじゃないかなぁ」

「亮平が浩にぶんなぐられただけで、とりあえずこの話はおしまいだな」

「僕、諦めるのは早いと思います。高井さんと園田さんが浩ちゃんに注意してくれれば、効き目はあります」

亮平は頬をふくらませ、やんちゃな顔になった。

高井の右人差し指が亮平の左頬に触れた。

「おまえが骨折かなんか大怪我してたら……」

右手が拳になり、天井に突き出された。

「そうなったら面白いことになっていたのになぁ」

「そうですねぇ。騒ぎになりましたね。浩を痛めつけるチャンスだったかも知れない」

「いいか亮平、浩のこすっからい所、〝奥〟がもてあましながらも、黙認どころか、そっとしているのは、園長が支えているからなんだぞ」

「亮平がこの部屋に出入りしていることも〝奥〟は面白くないのでしょうねぇ」

「そんなのは目じゃない。我々二人でおまえを守るくらい簡単だよ」

「簡単ですか」

亮平はつぶやきながら悔しさがこみあげてきた。

「亮平泣くな」

「泣くな、亮平」

園田と高井が同時に言った。

「わ、わかりました」

亮平はせぐりあげていた。

「ここへは毎晩来てもいいんだぞ。それはないか。一週間に二回だな」

「高井さん、三回ぐらいよろしいんじゃないですか」

「毎日のように畑でも会ってるじゃないの」

「そうですねぇ」

「おまえ、まだ泣いてるのか。たったの一発でどうしちゃったんだ。ボクシングで二、三発、やられることを覚悟してたんじゃないのか」

亮平は、鼻汁や唾液（だえき）でテカテカになっていたジャンパーの袖（そで）を両目に押し当てて涙を拭った。

肩のふるえもなんとか止まった。

「浩ちゃんに、おしっこを飲まされそうになったのを思い出したのです」

「飲んじゃったのか！」

高井が声高に発した。

「いいえ。僕は歯を食いしばりました」

「小便（しょうべん）を顔にかけられたんだな」

「違います。でも辰（たつ）ちゃんはコップのおしっこをお茶だと言われて飲まされたんです。僕、止められず、見ているだけでした」

「三浦辰郎（みうらたつろう）がなぁ。五年生ではでかいほうだ」

三浦は亮平と同部屋だ。体力もそこそこあり、喧嘩も強いほうだ。畑での作業量は不器用な亮平の比ではなかった。

高井が園田を横目で見た。

「小便の話は初耳だなぁ」

「ええ。ひどい奴ですねぇ」

「僕と辰ちゃんしか知らない。ほかに誰も見てません。だから黙っててください。浩ちゃんにまたぶんなぐられちゃうので」

高井が深く深く頷いた。

「覚えておこう。決して忘れない」

高井は憮然とした顔で腕組みして続けた。

「それにしても浩のヤロウ！ ひでえ奴だ。今のうちになんとかしないとなぁ」

亮平は細い目を精一杯見開いた。

「僕もそう思います」

園田はしきりにうなずいた後で、アルマイト製のやかんから温湯をコップに注いで、亮平に手渡した。

「ありがとうございます」

亮平は一気飲みした。いつぞやのカルピスより美味しいとさえ思った。

「僕、小便してきます」

亮平はドアを開けるなり飛び出して行った。

「亮平、相当興奮してますねぇ」

高井と園田は目を見合わせた。

便所から戻ってきた亮平は少し気分を持ち直したのか、嬉しそうに言った。

「今朝、浩ちゃんにぶんなぐられた時、僕思わず『卑怯者！』って怒鳴ってやりました」

「そうか」

「よくぞ言った」

高井と園田は相好を崩した。

「あやうく二発目をくらいそうになったので、ごめんなさいって謝りましたけど」

「それはそれでいい。浩に卑怯者なんて言ったのは亮平だけだ。いくら褒めても褒め足りんな」

「浩ちゃんのことはどうなるんですか」

「休戦。亮平も浩のどでかい面を目に浮かべるんじゃないぞ」

「園田さん、無理です。浩ちゃんにすり寄ったら、〝身分〟が違うって言われてぶんなぐられたんです」

亮平は右肘を高井の左腕にぶつけた。

「亮平、浩は煮ても焼いても食えねぇんだ。とにかく忘れることだな」

高井が天井を睨んで言った。

「あいつは母親の血筋で悪知恵も相当なものだ。おまえは身分が違うと言われたが、俺たちのこともそう思っているに相違無い。乞食ぐらいに思ってるかも知れないぞう。園児を担保に取ってることを棚に上げてな」

園田が二人と向かい合った。

「自分は思うんですが、浩は二度と園舎に来ないような気がしてなりません」

「その通りだ。だいたいボクシング大会で講堂に現れたのが不思議なくらいだ。グローブを横取りしようとしたんだろうが、我々のパワーのほうが強かった訳だな」

「浩に痛い目を見させたのは、八〇パーセントは高井さんの力ですよ。強欲な園長をぶったおしたようなものですから。それよりも園長がサージャンに確かめるとは夢にも思いませんでした」

「それはついでだよ。第一の目的はクリスマス・プレゼントのたかりだろう」

「クリスマス・プレゼントのたかりってなんですか」

亮平が高井に質問した。興味津々で、胸がドキドキしていた。

「たかりはないか。クリスマス・プレゼントをお願いしますって、キャンプにお願いに行って、サージャンどころか士官クラスからＯＫも取ったそうだ。もちろん通訳付きだが園長の交渉力は凄えと思うよ」

「高井さん、どなたの情報ですか」

「いくら園ちゃんでも言えん。ま、そのうち分かるだろう」

高井はにやにやしながら言葉を濁した。

「察するところ、女性でしょう。〝奥〟で高井さんに色目を使う人、知ってますよ」

強い東北訛で言うと、園田は高井を凝視した。亮平にとってこれまた興味深い。

亮平は高井の顔を穴のあくほどじっと見つめた。

「冗談よせよ。そんなのないない。園ちゃんの勘違いだろう」

高井は大仰に右手を振りながら、左手で亮平の頭を押さえつけた。

高井の口調が改まった。

「そんなことより、めぐみ園にコーラス部が誕生するらしいぞ。にわか仕立てだが、讃美歌で鍛えているから、なんとでもなるだろう。クリスマス・イブにキャンプから四、五人、めぐみ園へ慰問にやって来るらしいので、プレゼントのお礼をしようっていうことだろうな」

高井の左手が亮平の頭を撫でた。

「おまえのボーイソプラノも悪くない。作業中は、いつも鼻唄まじりだものなぁ」

「すみません」

「これから讃美歌を多くすることだな」

園田は冗談ともつかずに続けた。

「亮平は辰郎と並ぶコーラス部の目玉だろう。弘子姉ちゃんには負けるけどな」

「負けません」

高井と園田が顔を見合せて、からから笑ったが、高井が急に顔をしかめた。浩が亮平に飲ませようとした小便を辰郎が飲まされた話を思い出したのだ。

園田の胸中も同じだった。

「繰り返すが、小濱浩は園舎にも講堂にも二度と顔を出さなくなるから安心しろ」

「出さなくなるじゃなくて、出せなくなるっていうことだろう」

「なるほど」

「〝奥〟で畑に顔を出し、作業に参加するのは理事長だけだしな」

「麦踏みだけでしょう」

「それでも〝お父さん〟と言われる立場をわきまえてるとは言えるんじゃないのか」

亮平は二人の話に聞き耳を立てた。大人の話は面白くて興味深い。

高井と園田の話が朝鮮動乱に変わった。

「めぐみ園は長閑ですが、キャンプは緊張してますねぇ。コーラスどころじゃないでしょう」

「逆だろう。緊張感をほぐすためにも、コーラスでも聴いてやろうっていうことなんじゃないのか」

「国連軍が平壌へ突入したのは十月十九日でしたねぇ」

「うん。朝鮮と中国の国境近くにまで進撃しているが、中共軍の参戦で戦線は逆転し、えらいことになっている。しかし、クリスマス・イブぐらい心安らかでありたいと思うのも分かる気がするよな」

亮平は高井の話を聞いていて、クリスマス・イブのコーラスが楽しみになってきた。クリスマス・プレゼントのほうがもっと楽しみでならない。

第四章　クリスマス・プレゼント

1

昭和二十五年十二月上旬に、めぐみ園にコーラス部が結成された。結成は大袈裟だが、小学五年生以上の園児は全員参加、つまり否応なしに強制されたことになる。園児は讃美歌で鍛えられているとはいえ、音痴もいれば、変声期の男子もいる。調和が取れるのだろうかと、杉田亮平は気を揉んだ。

亮平ならずとも怪しんで当然だが、なんとかさまになったから不思議である。部長兼指揮者である小林節子の熱意が、コーラスらしきものにしたと言うべきかも知れない。

保母の中でも若くて、丸顔の可愛い感じの美人で明るい小林先生に求心力があるのは当然だ。小林先生はオルガンも上手に弾く。ほとんど譜面を見なかった。

小林先生の都合もあるので毎日という訳にはゆかない。朝食後、小林先生が「きょうはコーラスの練習をします」「きょうはお休みです」のいずれかを宣言する。後者のほうが少なく、土日も含めて平均週四回といったところだろうか。亮平は午後四時から五時までの練習時間が楽しみでならなかった。

亮平のクラスメートの池田健二君家（ち）への立ち寄りは〃落花生事件〃以降も大目に見られていたが、冬になって回数が激減していた。むろんコーラスとのかねあいが大きい。

コーラス部で最初にものにしたのは〃カエルの合唱〃だ。

かえるのうたが
きこえてくるよ
クヮ　クヮ　クヮ　クヮ
ケケケケ　ケケケケ
クヮクヮクヮ

亮平はガキ大将ぶりを発揮し、登下校時に久保田、石橋と三人で時に肩を組みながら歌った。

久保田は気恥ずかしそうだったが、石橋は人目を憚らず平然としていた。

亮平は大好きな折笠雅子先生離れはできっこなかったが、小林先生にも擦り寄った。

練習が終わった後、小林先生が独りでオルガンを弾いている時に、亮平は話しかけた。

「先生、僕、中学生になったら部活は野球部を目指しているのですが、コーラス部もいいかなと思っています」

「あら。弘子ちゃんと一緒に歌いたいのね」

「いけねぇ。まずい。やっぱり野球部にします」

「先生もそのほうが良いと思う。亮ちゃんは野球少年が良いと思うわ。ただし、めぐみ園ではコーラスで頑張ってね。辰郎ちゃんに負けないようにして」

「辰郎君には敵いっこありません」

「そんなことはないでしょう。頑張れ頑張れ」

「はい……。先生、浩ちゃんが〝めぐみ園〟に現れなくなったのは、どうしてだか分かりますか」

「知らない。教えて」

「僕をぶっ倒したから恥ずかしくて来られないんです」

亮平は、事の顚末を詳しく話した。これで五人目だ。「内緒ですよ」と念を押したが、小林先生が小さく笑ったところを見ると、すでに聞き及んでいるに相違なかった。

だが、亮平は口には出さず、話題を変えた。

「先生、〝奥〟の許可を得たんですか。讃美歌を歌わないで、いいのかなぁ」

小林先生は真顔で強くうなずいた。

「〝お母さん〟から先生の好きなようにどうぞって言われたのでコーラス部長を受けたのよ」

「へーえ。すげえー。高井さんと園田さんも凄いけど、小林先生のほうが上ですね」

「亮ちゃん、折笠先生のことはどうなのかなぁ」

まずい、と亮平は思った。極まり悪そうな顔をしたが、またもや話題を変えた。

「先生、〝うるわし春よ〟、歌っていいですか」

「えっ！　歌えるの？」

「歌えます」

亮平は起立し、小林先生に寄り添うようにして、ボーイソプラノで精一杯発声した。

うるわし春よ
緑に映えて
歌声ひびく
野に山に

小林先生はすぐオルガンを合せたが、二番、三番はオルガンを弾きながら亮平と一緒に歌っていた。

うるわし春よ
緑に映えて
歌声……
ララ　ララ　ララ

「二十四日の本番では〝カエルの合唱〟の次は〝うるわし春よ〟にしましょうか……」
小林先生は思案顔で、薄く眼を閉じた。

〝うるわし春よ〟はドイツ民謡である。三部輪唱の名曲として知られている。〝カエルの合唱〟の次では、飛躍があり過ぎると小林節子は考えぬでもなかった。

「もう少し易しい歌がいいかしら。亮ちゃんは他に、なにを歌えるのかな」

「市川小学校二年生の二学期に、担任の渡邉文枝先生が音楽の時間に〝夜汽車〟を教えてくれました。ちょっと歌っていいですか」

小林は怪訝な顔でうなずいた。

いつも　いつも　とおる夜汽車
静かな　ひびききけば
遠い町を　思い出す

やみの中に　つづくあかり
夜汽車の　窓のあかり
はるかはるか　消えてゆく

オルガンの伴奏はなかったが、小林先生はハミングし、亮平が歌い終わった時に拍手してくれた。夕食前なので、講堂は二人だけだった。

「二年生でこんな難しい歌を歌えたの？」

「はい。何度も練習したので。二年生までは、担任の先生がころころ替わったんですけど、おばさんの渡邉先生は算数も国語もきちっと教えてくれました。でも、音楽の時間が一番好きでした」

「亮ちゃんはおませだったのね。でもこのドイツ民謡は合唱としては〝うるわし春よ〟よりもっと難しいわね。もちろんコーラスで歌えますけれど」

「四年生の時に、友達の芝崎昇（のぼる）君が〝里の秋〟を音楽の時間に独唱したことがあります。歌っていいですか」

「オルガンを弾きながら先生と一緒に歌いましょう。三番まで歌えるの？　先生は歌えますよ」

「僕も歌えます」

しずかな　しずかな　里の秋
おせどに木の実の　落ちる夜は
ああ　かあさんと　ただ二人

栗の実　にてます　いろりばた
あかるい　あかるい　星の空
なきなきよがもの　渡る夜は
ああ　とうさんの　あのえがお
栗の実　食べては　おもいだす

さよなら　さよなら　椰子の島
お船にゆられて　かえられる
ああ　とうさんよ　ご無事でと
今夜も　かあさんと　祈ります

小林先生につられて、亮平も小さく拍手していた。

「四年生の海老沢俊男君が歌が上手なのを亮ちゃんは知ってるでしょう」

「知ってます。俊男ちゃんは寝小便たれです」

「おねしょのことは余計です」

「はい。でも中学一年生のお姉さんの富美子さんがすごく心配しています」

「富美子ちゃんは皆に優しいでしょう。亮ちゃんと同じで折笠先生のファンですって」

「知ってます。僕は小林先生のファンでもあります」

「無理しなくていいのよ。亮ちゃんは歌が好きなだけでしょう」

小林先生にいたずらっぽい眼で見上げられて、亮平はバツが悪そうに横を向いた。

「俊男ちゃんが〝うみは広いな大きいな〟を歌った時、富美子さん泣いてました」

「それはいつのこと？」

「炊事場で食器を洗ってる時です。僕も富美子さんのようなお姉さんが欲しいです」

「亮ちゃんは欲張り過ぎです。弘子ちゃんっていう、素敵なお姉さんがいるのに」

「姉はわがままです」

「亮ちゃんはどうなのかな」

小林先生はオルガンから離れた。亮平は大時計を見て、「いけねぇ」と口走った。

午後六時十分前だった。

亮平は小林先生とまだ話したかったが、夕食後に折笠先生と話そうと思い直した。

2

杉田亮平はめぐみ園の〝奥〟以外なら自由自在に出入りできた。

〝奥〟に出入りできるのは、中学生の女子園児に限られていた。女中代わりだから当然だ。

亮平がその気なら、理屈を見つけて一度は〝見学〟できたと思えるが、意地っ張りでもあったし、小濱一家が嫌いなので、絶対に行かないと心に決めていた。〝お父さん〟はちょっと違うが、〝お母さん〟と三男坊の浩は性悪にもほどがある——。

この夜、折笠雅子は午後八時過ぎに、亮平の訪問を喜んで受けてくれた。

「夕食前に小林先生のオルガンで歌を歌いました」

「そうだったの。よかったわねぇ。辰ちゃんと亮ちゃんはコーラス部で中学生に負けずに頑張ってるんでしょう」

「いいえ。それに辰ちゃんには敵いっこありません」

「小林先生はボーイソプラノの二人の声を評価してましたよ」

亮平は実は自信があった。そう顔に書いてある。

「〝カエルの合唱〟の次の歌は決まったの」

「決まってませんけど〝うるわし春よ〟になるかも知れません」

「そうだとしたら、小林先生は大したものねぇ。コーラス部が出来て生き生きとして、眼が輝いてきたのがよぉく分かります。小林先生は保母の資格も持っているけれど、ほんとうは音楽の先生になりたかったのかも知れない」

「小林先生がそう言ったんですか」

「いいえ。楽器はピアノはもちろん、バイオリンも出来るって話してたの。先生と違ってお家が裕福だったんでしょうねぇ」

「僕は折笠先生のほうが好きです」

亮平はそんな裕福な人が、どうしてめぐみ園の保母なんかをしているのか不思議だと言いたいくらいだ。

「僕だけじゃありません。園児はみんな折笠先生が大好きです」

「ありがとう。先生は保母さんになりたくてなりたくて仕様が無かったの。少しでも人のために尽くすのが好きな性分なのね」

折笠先生は緑茶を淹れて、亮平をもてなした。

「今夜の亮ちゃんの用事は小林先生と合唱した話だけなの」

「いいえ。母と妹のことを話したかったのです」

「まだ忘れられないのね」

「違います。小林先生が〝若いツバメ〟と言ったことを母に伝えたので、母はもう二度とめぐみ園には来ないと思います」

「それが不満なのね」

「母が来ないことは問題ありません。仕方がありません。ただ、〝若いツバメ〟は下品だと思いました」

亮平は九月十七日、習志野駅での、百子、秋葉との場面を思い出して、少し辛(つら)い気持ちになっていた。

「亮ちゃん、ほんとうにごめんなさい。あの時、先生たちは気が立っていたの。あとで松尾先生を含めて反省会をしたのよ。〝若いツバメ〟は言い過ぎだけど、許されると松尾先生はおっしゃっていました。けれども、小林先生は正直と言うか、率直であり過ぎたと先生は思っているのよ。亮ちゃんが、習志野駅まで、お母さんたちを見送ったのも、先生たちは知っています。そんな亮ちゃんを先生は頼もしくも思うの。でも、先生たちに行き過ぎがあったことは謝ります」

折笠先生は低く頭を下げた。亮平は丸椅子(まるいす)から起立して、最敬礼をした。

「先生、僕のほうこそ、ありがとうございました。繰り返しますが、あの時、母は習志野駅で、二度とめぐみ園に来ないって言いました。僕はもう母のことは忘れました。めぐみ園に来るのは良くないとも思います。妹のことも、だんだん忘れてゆくような気がします」

「気を遣ってくれてありがとう。先生は心から亮ちゃんに感謝していますよ」

亮平は気恥ずかしくて、折笠先生を直視できなかった。

「小林先生から聞いたかも知れませんが、良いことを教えてあげます。クリスマスにキャンプから、どっさり贈り物が届くそうですよ」

「知っています。高井さんから聞きました」

「そうだったの。キャンプから偉い軍人さんも来るそうよ。〝お母さん〟と〝お父さん〟が、キャンプに行って交渉したんですって。クリスマス・イブの十二月二十四日の午後四時頃見えるんじゃないかなぁ。ですから、〝カエルの合唱〟と〝うるわし春よ〟だけではなく、〝聖夜〟も歌うことになると思いますよ」

なるほどなぁと亮平は合点が行った。

時刻は午後八時二十五分。消灯まで三十五分ある。亮平は瞬時に計算した。

「先生、いろいろありがとうございました。お休みなさい」

唐突な「お休みなさい」に折笠先生は苦笑した。

「お休みなさい。先生はクリスマス・イブのことは亮ちゃんにしか話してませんからね」

「分かりました」

だが、亮平は気持ちを変えなかった。

高井と園田に知らせなきゃ。これは、折笠先生を裏切ることにはならないとも思った。立場の問題で、畑仕事をしている人と保母は分けて考えるべきだ――。

この夜は高井一人だけだった。

「園田さんはどうしたのですか」

「山形の友達が上京したので、会いに行った。今夜は帰らんだろう」

「折笠先生はキャンプからのプレゼントのことも、コーラスのことも知ってました」

「そうか。そうだとすると決定だな」

高井は火鉢で手を暖めるように、眼で亮平を促した。火力は炭だが、狭い部屋なので、〝望の部屋〟より暖かかった。

「サージャンが園児たち一人一人にお菓子をプレゼントするらしいよ」

「なんだぁ。高井さんのほうが折笠先生より詳しく知ってるんですね」

亮平はちょっとがっかりした。

「〝奥〟で聞いたのですか」

「違う。サージャンから直接聞いたんだ」

「サージャンよりもっと偉い人も来るんですか」

「その可能性はあるが、はっきりしているのはサージャンだ。ジープで来るんだろうな。実現すればめぐみ園始まって以来のことだ」

「凄えなぁ」

「おまえたち、〝聖夜〟を歌うんだったな」

「〝きよしこのよる〟は最後です。その前に、〝カエルの合唱〟と〝うるわし春よ〟を歌います」

「なんだそれは。そんなもの歌っても、ヤンキーにはちんぷんかんぷんだろう」

「でも歌うんです。小林先生がそう決めたので、間違いありません。小林先生のお陰で、めぐみ園のコーラス部は相当上達しました」

「ガキ大将の亮平までコーラス部とはなぁ」

「僕と辰郎ちゃんはボーイソプラノのエース格です。小林先生の折り紙付きです」

「おまえに口で敵うのは、誰もおらんだろうな。ここもな」

高井は水仕事でもしたのか、火鉢からやっと手を離し、両手で亮平の頭を押さえつけた。

「農閑期で、俺たちも暇だから、おまえたちのヘタなコーラスとやらを聴いてやるとしよう」

「聴いたら上手なのに、びっくりすると思います」

「口の減らない奴(やつ)だ」

「高井さんと園田さんに百回ぐらい言われています」

「亮平と話すのは実に楽しい。乾燥芋、食べるか」

「はい。当てにしてました」

亮平はいつぞやのチョコレートを思い出しながら、がつがつ二つも食べた。

高井がやかんの湯を注いだアルマイト製の食器を亮平に手渡した。

「おまえがここに泊まったら騒ぎになると思うか」

「なるに決まってます。ここに出入りしているのは僕だけです。みんながやきもちを焼いているのも分かっています」

高井がボクシング用のグローブに眼を遣(や)った。

「コーラスなんかより、ボクシングの試合を見せてやったほうが、ヤンキーはよっぽど喜ぶのになぁ。しかしクリスマス・イブにそれはないか」

「はい、僕もそう思います」

この時、亮平はあることを思いついた。

3

十二月二十四日は日曜日だった。亮平は気もそぞろで、午後三時頃から、〝望の部屋〟で門の辺りをずっと気にしていた。

「キャンプからジープが三台も来たぞ！」

亮平の声に部屋中がどっとなった。亮平はとっくに仲間へプレゼントのことを明かしていた。

四時の予定が三十分ほど早まり、サージャンを筆頭とするキャンプからの訪問者は六名だった。いずれも制服姿である。めぐみ園側は小濱理事長・園長夫妻、保母、作業員、園児たち約四十名、総出で歓迎した。

講堂にはクリスマス・ツリーが用意され、天井からつるした色紙や紙テープで作った鎖状の飾りが眼を引いた。

コーラスが始まったのは三時四十五分。

〝カエルの合唱〟〝うるわし春よ〟そして〝聖夜〟だ。

きよしこのよる
星はひかり
すくいのみ子は
み母の胸に
ねむりたもう
ゆめやすく

三番まで歌い、最後は〝諸人（もろびと）こぞりて　むかえまつれ　久しく待ちにし　主は来ませり主は来ませり　主は　主は来ませり〟だ。見事なハーモニーに、ヤンキーたちはやんやの拍手喝采（かっさい）で喜んでくれた。

亮平は演壇の前方で、声を張りあげたあとで、高井と園田が拍手に参加してくれたのを見て嬉（うれ）しくてならなかった。

コーラス・グループは降壇し、一列に並んで、サージャンたちに向かって最敬礼した。

　サージャンは部下から手渡されたキャンディーの箱を背の小さい方から差し出した。園児たちはおずおずと手を伸ばし紙に包まれたキャンディーを一粒ずつ取ってゆく。

　亮平の所で異変が生じた。

「グローブ　サンキュウ　ベリー　マッチ」

　亮平は言いざま、キャンディーを鷲掴(わしづか)みしたのだ。

　赭(あか)ら顔のサージャンは、顔をさらに真っ赤に染めて箱を左手で抱え、右手で亮平の頭を撫(な)でた。

　亮平以降は鷲掴みになり、コーラス・グループ以外の園児もそれにならった。

　いったんジャンパーや上着のポケットに収まったキャンディーは、保母たちの計らいで、平等に分け合うことになった。

「亮平、頑張ったな」

「亮平、よくやった」

　高井と園田に褒められて、亮平は得意満面だった。小濱浩の不在が残念なくらいだ。

「高井さん、コーラスは褒めてくれないの」

「褒めてやる。短期間でここまでやるとは思わなかった。ついでに良いことを教えてやろう。あしたの夕方、第二回ボクシング大会をするからな」

「すげえ、クリスマス・プレゼントですね。浩ちゃんは来るの」

「来る訳がない。次男の英ちゃんが、大学が冬休みで〝奥〟へ帰って来るんだ」

小濱英は名門の私立大学の四年生で都内に下宿していると、亮平は高井から聞いていた。

園児たちのクリスマス・イブの夕食のメインディッシュはハムやソーセージで、キャンプからのプレゼントだ。亮平が園児になって初めての豪華なディナーだった。

翌日講堂で開かれたボクシング大会に初登場した英は、浩と兄弟とは思えないほど気さくで明るい好青年だった。

ボクシングの教え方も高井より格上で、大学の同好会で鍛えているだけのことはあった。

「高井さん、顔面ありで一ラウンドだけどうですか」

「お受けします」

理事長も園長の姿もなかった。

保母では、小林節子だけが見物していた。

亮平は胸がドキドキし、ロープを持つ手のふるえを制しかねた。

「行きますよ」

英の左ジャブを高井はなんなく躱した。

亮平はむろん高井を応援していたが、英の動きのほうが軽快で、勝ち目はないと思わざるを得なかった。特に英の右ストレートのスピード感は眼を見張らせた。

高井は二、三発顔面に英の右ストレートを食らい、よろめいたが、倒れなかった。亮平が「あっ！」と声をあげて息を呑んだ時、高井の右フックが英の左脇腹をとらえた。

「うっ！」

英はうめいて、左膝が床についた。

「参った」

英は起ち上がって、高井に抱きついた。

「今の一発は効きました」

「英ちゃんのストレートでぶったおされるところでした」

「冬休み中にもう一度やりましょう」

「はい。楽しみにしています」

「メインイベントが先になりましたが、園児たちにもやらせましょうか」

「今夜はさんざん練習したので、もうよろしいでしょう」

亮平はすでに、リングサイドにいた定岡と眼と眼で闘っていたので気勢をそがれたが、疲れ切っている高井と英に抗えるはずがなかった。

夕食後、亮平は高井と園田の部屋を訪ねた。

「高井さん、強いですね。すごかったです。講堂で言うのを忘れてました」

「そうか。俺が負けると思ってたんだろう」

「はい」

「実力は英ちゃんのほうが上だから、三ラウンドやってたら負けてたね」

園田が首を左右に振った。

「どうでしょうか。互角……。いや六四で高井さんのほうが上だと思います」

「浩と違って、良い人だよな。英ちゃんは、亮平のことを気に入ってたぞ」

「防禦の仕方を教えてくれました。高井さんより分かりやすかったです」

「おまえ、よく言うなぁ。きょうのボクシング大会は理事長と園長には内緒なんだ。二人とも外出していたこともあるが、英ちゃんが誘ってくれたんだよ」

「折笠先生や松尾先生がいなかったのはどうしてなんですか」

「さすが亮平だ。そのうち分かるよ。英ちゃんが膝をついた時、小林先生が両手で顔を覆ったのに気づかなかったのか」

亮平は園田の問いかけに、小首をかしげるしかなかった。

「小林節子さんは英ちゃんの推薦で、めぐみ園の保母になったという説があるんだ。事実かそうじゃないか、そのうち分かるだろう」

年齢は小林先生のほうが一、二歳上だと思えるが、二人は恋人という意味だろうと亮平は思った。

亮平はほどなく小林先生とコーラス以外では接しないようになった。

折笠先生、松尾先生、竹山先生の三人の保母と小林先生との間に、隙間風が吹き始めたと察したからだ。特に折笠先生は小林先生によそよそしい態度を示し、「亮ちゃん、コーラス楽しいの。ほんとうはどうなのかな」と訊かれたこともあった。

「小林先生は以前のような一所懸命さが感じられません」

「先生もそう思うの。熱意が薄れて当然でしょうね。コーラス以上に夢中になるなにかがあるっていうことでしょう」

「高井さんと園田さんから聞きました」

「そうだったの。小林先生は美人だし、男の人が大好きみたいねぇ。保母の立場上、もう少し抑えたところがないと。先生が嫉妬していると取られると辛いけど、小林先生はあけすけ過ぎます。相手が英ちゃんだけなら問題はないのだけど、どうなのかしらなんていう先生もいます」

「小林先生が〝若いツバメ〟って言ったことを、また思い出しました」

「ごめんなさい。あの時は先生もいけなかった。亮ちゃんと小林先生の話をするのは今夜限りにしましょう」

「分かりました。僕は折笠先生の次に小林先生が好きでしたが、嫌いになりました」

折笠先生はにこっとしたが、「無理に嫌いになる必要はないのよ」と呟くようにいった。

弘子が園舎の廊下で、すれ違いざまに言ったことがある。

「小林先生に好かれたいのは分かるけど、注意したほうがいいわよ」

「どういう意味だ!」

弘子が足を止めた。

「そんなことも分からないの。先生たちからちやほやされてる割には、案外バカだね」

「バカさ加減が僕の倍以上のお姉ちゃんがよく言うぜ。小林先生に嫌われてるからって、やっかむなよ」

「小林先生は男の人が大好きなの」

弘子はうつむき気味に言いよどんだ。亮平は『お母ちゃんと同じじゃないか』と口に出しそうになったが、我慢した。

「小林先生は保母としては失格だね。〝恵の部屋〟を受け持った時もまるで役に立たなかったと、松尾先生から聞いた覚えがあるわ」

〝恵の部屋〟は妹の百枝が二か月ほどいた。それを思うだけで、亮平の眼がうるんでいる。

「亮平が小林先生に夢中になっているのは、めぐみ園中で有名だよ。恥ずかしいったらないよ」

亮平は痛いところを突かれてカッとなった。

「笑わせるな。やっかまれているだけのことじゃないか」

「そのうちいろんなことが分かってくるよ」

「もうとっくに知ってるよ。小林先生は英ちゃんの恋人なんだろう」

「亮平は小学生のくせにませてるね。嫌な子だね」

亮平はいつぞやの母の顔を目に浮かべながら、便所のほうへ走り去った。

小林節子がめぐみ園を退職したのは昭和二十六年三月のことだ。同時に小濱英も園舎に姿を見せなくなった。

亮平は薬園台小学校六年生の三学期に級長に選ばれた。

「杉田のどこがいいんだ」

担任の青木荘吉はぼやくこと頻りだった。

しかも、二、三人の担任以外の先生方や、一度だけボクシングを見にきたことのある元級長の大塚たちが強く推して、こともあろうに卒業式の総代に選出されそうになった。

『児童養護施設からの総代はあってはならない』

青木に限らず、学校側の意向であることを知るや、亮平は固辞した。

卒業式後の謝恩会で、音楽専任の中年の女性教師に、「杉田君、体調が悪いとか言ったらしいけど、ほんとうはどうだったの」と訊かれても、亮平は「事実です」と答えた。

折笠先生に知恵を付けられたのだが、その時、折笠先生は眼にいっぱい涙を溜めて、亮平を抱きしめてくれた。

「先生はとっても悔しい。どうして施設の子が総代になってはいけないのか。小濱浩と同じ言い種(ぐさ)じゃありませんか。〃身分が違う〃とか〃親に捨てられた園児は虐待(ぎゃくたい)されて当然〃と同じです。でも、我慢我慢、辛抱辛抱。学校の方針をくつがえすことは出来ません」

謝恩会で、音楽専任の女性教師は「杉田君、先生と一緒に〃春のうた〃を歌おう」と言って、肩を組んでくれた。

桜の花の咲く頃は
うらら　うららと　日はうらら
ガラスの窓さえ　みなうらら
学校の庭さえ　みなうらら
河原でひばりの鳴く頃は
うらら　うららと　日はうらら
乳牛舎(ちちや)の牛さえ　みなうらら

鶏舎(とりや)の鶏さえ　みならら

畑に菜種の咲く頃は……

亮平はここは泣いてはならないと我が胸に言い聞かせながらも、最後のほうは感極まって発声できなかった。

家庭科専任の女性教師が拍手で亮平を迎えてくれた。

「杉田君よかったねぇ」

「はい。嬉しいです」

担任の〝ダルマ先生〟を除いて拍手喝采(かっさい)となり、亮平はきまり悪さよりも、嬉しくてならなかった。

第五章　旧友たちの来園

1

昭和二十六年四月、杉田亮平は二宮中学校の一年生になった。

亮平、久保田勝、石橋太郎のめぐみ園三人組はクラスが分かれ、一年一組は亮平一人だった。

入学式から一週間後の放課後、亮平はクラス担任の稲垣富子（いながきとみこ）に音楽教室に呼ばれた。稲垣は音楽専任の教師だ。二重瞼（ふたえまぶた）の優しい目をした、ふくよかな面立ちで、亮平は好きになれると思った。年齢は三十四、五歳だろうか。

「先生は杉田君を頼りにしているんですよ。級長になってもらえないかな。実は杉田君以外に当てはないの」

「嫌です。部活は野球部に決めているし、中学生になるとめぐみ園の仕事も増えます。

さっき、クラスの生徒たちと話していて思ったのですが、桜井勉君が級長になれば良いと思います」

「桜井君にその気があったとしても、あの子はボス的だから適任とは思えないの」

亮平は頭を左右に振った。

「とにかく困ります。僕は受けません」

「先生を助けてくれないかなぁ……。そういえば、〝四季の雨〟よかったわねぇ。薬園台小学校はここから割合近いので、学芸会に行ったんですよ。杉田君は一番を歌って、四番を三人で合唱したんですね。とても良かった。学芸会の中で最高の出来映えでしたよ」

亮平の頰がゆるんだ。

稲垣先生が歌い出したので、亮平も合わせた。

降るとも見えじ春の雨
水に輪をかく波なくば
けぶるとばかり思わせて
降るとも見えじ春の雨

「四番を一緒に歌いましょう」

「はい」

　聞くだに寒き冬の雨
　窓の小笹（おざさ）にさやさやと
　ふけゆく夜半（よわ）をおとずれて
　聞くだに寒き冬の雨

　稲垣先生は拍手しながら、「杉田君は野球部よりコーラス部のほうが適していると思うけどねぇ」と囁（ささや）くように言って、おでこがくっつきそうになるくらい亮平に顔を寄せた。

　亮平はもっと激しく頭を振った。

「姉がいるので、コーラス部は困ります」

「ふうーん。お姉さんがコーラス部だからこそ、一緒に合唱するのは素晴らしいと思うの。先生はコーラス部を担当してるので、弘子さんのことはよく知ってます。頭脳います」

明晰でリーダーとして相応しいので、コーラス部の部長になってもらうことになって

頭脳明晰は初めて聞く言葉だが、意味は分かる。

「杉田君をコーラス部にスカウトするのは諦めましょう。その代りに一組の級長はお願いね。ほかに手を挙げる生徒がいないので、先生を助けると思ってお願いします」

亮平は返事をしなかったが、稲垣先生に「ありがとう。恩に着ます」と言われて、握手を求められた。引っ込めようとした亮平の手がおずおずと伸びていた。亮平はうまいことたぐり込まれたと思わざるを得なかった。

亮平が稲垣先生の次に気に入ったのは、理科担任の田口先生だ。

「一人一分以内で自己紹介してもらう。最初は級長の杉田亮平だ。起立しろ」

最後列の亮平は起立して、ぐっと声を低くした。

「めぐみ園から通っている薬園台小学校出身の杉田亮平です。よろしくお願いします」

田口先生が笑顔で応じた。

「簡潔でよろしい。そうかぁ、杉田はめぐみ園なのか。同じ釜の飯を食う仲と言うが、そういう経験も大変良いことだ。級長、頑張ってくれ」

怖い部類の先生と聞いていたが、亮平には良い先生、心優しい先生と思え、理科が好きになったから不思議である。

亮平が野球部でレギュラーになれたのは、池田光一が売り込んでくれたお陰に相違なかった。入部早々に片山キャプテンとキャッチボールをしただけで、ライ・パチ（右翼手、打順八番）で起用してくれたのだ。

片山はエースで四番バッターでもあった。すらっと背が高く、目鼻立ちも整っていた。

「おまえ、他校との試合でヒットを打ったら、七番にしてやる。ユニホーム姿を見て、おまえはやるなと思ったぞ」

「ありがとうございます。頑張ります」

事実その通りになった。

野球部は運動部門で最も人気があり、部員も多いので、部活動費の予算も少なくなかった。グローブ、ユニホームなどは野球部で貸し出してくれた。

四月下旬に野球の学年別クラス対抗戦が行われた。各学年とも六組まである。

試合はトーナメント方式で、一年一組は亮平のくじ運の強さのお陰で、二試合勝てば優勝できることになった。

亮平はガキ大将の桜井と相談して、守備位置や打順を決めた。桜井はピッチャーを望んで譲らなかった。亮平も投手志望だったが、打順の四番を取ってサードに回った。桜井は三番バッターだ。

亮平は自分のユニホームを着たかったが、一人だけは目立つと思い、皆と同じ運動着で試合に臨んだ。

一組は第一試合には圧勝した。桜井の巧投、巧打が際立っていた。亮平は守備で活躍したが、力み過ぎてノーヒットだった。

「桜井君、なんで野球部に入らなかったの」

「球拾いなんて、やってられないよう」

「きみならすぐにレギュラーになれたのに、勿体ないことしたな」

亮平は内心、こいつが入部していたら球拾いに回されたのは俺のほうだと思い、ほっとしていた。

五組との優勝決定戦は日曜日の午後だった。

一組の応援団の中にめぐみ園の園児が大勢いた。折笠先生や定岡、久保田、石橋たちの声援に亮平は帽子を振って応えたが、試合開始ほどなく、〝お父さん〟と小濱浩が現れると、気が滅入った。亮平は試合に集中し、応援席のほうは見ないことに決めた。

一回の表に桜井が二塁打を放ち、亮平のタイムリーヒットで一点先取した。

一回の守備をゼロで終え、ベンチに戻った亮平は定岡に声をかけられた。

「浩ちゃんがすぐ来いって」

「断る。試合中だぞ」

「キャラメルをもらえるんだから行ったほうがいいよ。気が変るかも知れない。急げ」

「分かった」

一箱もらえると思い、亮平は定岡より先に浩の前に立った。

「こんにちは。しばらくです」

「おまえ、よく打ったな。口をあけろ。アーンするんだ」

亮平は口の中にいきなりキャラメルを放り込まれ、一瞬吐き出したくなったが、そのままにした。たった一粒とはいえ、勿体ないとの思いのほうが勝っていたのだ。

森永キャラメル一箱をまるごともらえると思っているほうが、どうかしてる。

一組は三対二で五組を制し、優勝を果たした。

試合後、亮平は稲垣先生に教室へ連れて行かれた。

「杉田君が大きな少年に飴玉を与えられたのを見てましたよ。とっても嫌な感じでした」

「キャラメルですけど、僕も同じ気持ちです。吐き出せばよかったと思います。小濱浩という理事長、園長の三男坊です。実はめぐみ園一のワルなんです」

「高校生なのね」

「高三です」

「その少年の隣にいた理事長の小濱仁さんは一度会っているので、会釈しました。杉田君と話したかったのは、賞金の金一封を校長先生からあずかってるの。校長先生のポケットマネーで、なにかの足しにして下さいと言われたのだけれど、どうしたらいいかなぁ」

「金一封って、いくらですか」

「千円よ」

稲垣先生は白い封筒を手提げ袋の中から取り出した。

「へえー、凄い。三チームで三千円も。校長先生は気まえが良いですねぇ」

「誰にでも優しい素晴らしい方です。教育者として先生は尊敬しています」

「僕も校長先生を尊敬しているし、大好きです。名前が高橋なのが特に気に入っています」

「フルネームは高橋徹太郎ですが……」

「市川小学校の恩師が高橋光芳先生です。高橋先生はすごーく良い先生でした」

亮平はめぐみ園に入る時、高橋先生に挨拶しそびれたことを思い出して、胸がじんとなった。

「野球の試合に参加した十人で分けると、一人百円です。どうしましょうか」

「クラス全員で分けるべきだと思います」

「それは良い提案ですね。さすが級長として立派な考えです。杉田君は先生の自慢の生徒です」

亮平は照れ笑いを浮かべたあとで、素早く頭の中で計算していた。四十五で割ると約二十二円だ。

「一人当たり二十五円にしましょう。不足分は先生が負担します」

稲垣先生は気恥ずかしそうに続けた。

「ほんのちょっと足りないだけですけれど」

「五人分、百二十五円です」

「賢いこと。ほんと君のことは良いねぇ」

稲垣先生は椅子から腰を上げて、亮平の頭を撫でた。

亮平は『頭脳明晰』と胸の中で呟いた。

「二十五円をどう使うのか教えて」

「キャラメルを買います」

「良いこと。じゃあ先生が百円寄付しましょう。めぐみ園のお友達にも分けてあげなさい。口を開けさせて、放り込むような真似は絶対してはなりません」

稲垣先生はくすくす笑った。亮平もにこにこしたが、胸の中で『ざまあみろ！　小濱浩のバカヤロウ！』と喚いていた。

2

昭和二十六年五月五日の土曜日は、亮平にとって生涯忘れ得ぬ日になった。

その日午後二時頃、亮平は〝望の部屋〟の窓際に立って外を眺めていた。大きな窓は開け放たれていた。

「おーい、す、ぎ、たぁ」

「あっ、高橋先生だぁ！　あっ！　あっ！　芝崎、下山も……」

水色のジャケット姿の高橋先生が手荷物を地面に置いて両手を振っている。

亮平はどうしていいか分からなかった。逃げ出したいというのが本音かも知れないが、そうもいかない。亮平は窓から飛び降りて、一団に向かって、裸足で走った。上は長袖のスポーツシャツ、下はユニホームだった。

「高橋先生！」

「杉田ぁ！　元気で良かったなぁ。先生は嬉しい。みんな喜んでるぞ」

亮平は泣きながら高橋先生と抱き合った。

下山久彦、芝崎昇、林征一郎、木川正雄、寺井恵美子、金定俊子。市川小学校一年生から五年生までの時の旧友たちが六人も。

「裸足で出迎えてくれたのか」

「はい。びっくりしました。夢を見ているようです」

亮平は旧友たちと握手した。

「そろそろ部屋に案内してもらおうか」

「僕の部屋は狭くて、他の園児もいるので、応接室が……」

「相変らず僕で通してるんだな。まず〝僕〟の部屋を見せてもらおうか」

「はい。分かりました。玄関はあっちです」

亮平が玄関を指差すと、ドアの前に折笠雅子が立っていた。

高橋先生は手を振りながら歩き出した。

「ようこそおいで下さいました。保母の折笠と申します」

「恐れ入ります。市川小学校教師の高橋です。生徒の六人は杉田亮平君の友達です」

「こんにちは」

六人がいっせいに頭を下げた。

「こんなに、たくさんのお友達が訪問してくださって、亮ちゃんはほんとうに幸せですねぇ」

折笠先生に背中を撫でられて、亮平はくすぐったく感じた。興奮、感激の極みから少しだけ心が静かになったのだろう。

「高橋先生は〝望の部屋〟を見たいとおっしゃっています」

「〝望の部屋〟は、からっぽになっています。高橋先生とお友達、〝望の部屋〟でお話ししたらよろしいでしょう。弘子ちゃんたちが椅子も用意してくれたと思います」

「弘子さんと修二君にも会えますね」

「はい。のちほどご挨拶させるように致します」

「杉田、足を拭いたらいいな」

高橋先生がタオルを亮平に差し出した。

「申し訳ありません」と言ったのは折笠先生だ。

「タオルは先生からのプレゼントにしよう。お土産もいっぱい持ってきたぞ」

一同がいっせいに風呂敷包みやらカバンやらを掲げたり持ち上げた。〝望の部屋〟で土産の分量の多さに、亮平は目がくらくらし、身内がぐらぐら揺れた。なんと、欲しくて欲しくてならなかった英和辞典だった。

亮平がわけても感謝感激したのは、寺井恵美子の持参品だ。

緑茶を運んできたのは折笠先生、弘子、修二の三人だった。弘子と修二は下ばかり見ていた。三人は挨拶だけで引き取った。

ビスケット、キャラメル、かりんとう、せんべい、羊羹などのお菓子がたくさんあった。米まである。『なるほど』と亮平は思った。金定家は市川市一の米屋だ。

八人が話すには窮屈だが、肩を寄せ合える感動があった。

亮平のおしゃべりは止まらなかった。話の材料は尽きない。得意満面で、池田健二の誕生会から話は始まった。『臭え、残飯野郎』も風呂の話も省略し、宿題を教えた見返りだけに止めた。

〝奥〟のことは一切口にしなかった。ボクシング大会も話したくて口がむずむずしたが、明かす訳にはゆかない。高井さんと園田さんを省かざるを得ないのは切ないが、詮方無かった。

「中学の理科の田口先生が『同じ釜の飯を食う仲は良い』と言いましたが、僕もめぐみ園の生活で体験し、分かったような気がしました」

「羨ましいなぁ」と芝崎が言い、「市川入下の杉田の家に二、三度遊びに行ったことがある。懐かしく思い出すことがあるんだ」と続けた。

「洋室があるハイカラな家だったね」

「下山の言う通りだ。庭が広くて、垣根なんかもあって、しゃれた感じの家だったな。杉田のお母さんは歌が好きで、一緒に歌ったこともあったなぁ。背の高い人だったね。お母さんには会ってるのか」

亮平の返事が遅れたのは、どう応えるべきか思案したからだ。

「二度も会いに来てくれた。ここは孤児院みたいな所で、両親のいない園児が多いから、母が来るのは、どうかと思うんだ。保母さんたちにも良い顔されなかった」

「つまり他の園児たちの気持ちを考えてあげなさいっていう訳だね」

林の話を高橋先生が引き取った。

「きょう、われわれが押しかけて来たのも、歓迎されないってことになるのかな」

「そんなことはありません。園児たちはみんなお土産を当てにしていて、喜んでいると思います」

亮平の笑顔と「よかったぁ」という芝崎の甲高い声で、室内がどっとなった。

芝崎が入下の家の話を蒸し返した。

「杉田が応接間と言っていた洋室で、歌った歌を覚えてるか」

「一つは芝崎が音楽の時間に独唱した〝里の秋〟だ。もう一つは〝お山の杉の子〟。それと〝背くらべ〟と〝灯台守〟も歌ったと思う。芝崎はきれいな声だから、母に好かれてたね」

「下山も一緒のことが一回あったな。その時、〝七つの子〟〝朧月夜（おぼろづきよ）〟〝花〟を歌ったんだ」

亮平は久方ぶりに機嫌の良い時の母の笑顔を思い出して、ホロッとなった。

「音楽教室のピアノの前で芝崎さんが〝里の秋〟を独唱したのは四年生の時で、杉田さんは五年生の時に〝灯台守〟を独唱したでしょう。忘れた訳ないと思うけど」

「寺井さん、その通り。学校から家に帰ってきて真っ先に母に報告したら、近所中に自慢して言いふらして、ずいぶんからかわれたので、嬉しさよりも恥ずかしかったことを覚えています」

「そうかなぁ。俺は自慢したけど」

「それだけ芝崎は歌が上手なんだよ」

下山が芝崎を肘(ひじ)で小突いてから続けた。

「忘れるところだった。廣瀬(ひろせ)と大竹(おおたけ)がくれぐれもよろしくと言ってたよ。二人とも杉田に会いたがってたが、勉強が忙しいらしいんだ」

寺井恵美子が口を挟んだ。

「廣瀬さんと大竹さんは開成中学なの。芝崎さんは京華(けいか)中学、下山さんと木川さんは市川学園。金定さん、林さん、わたしは市川一中。私立組は高橋先生のお陰で、全員合格したのよ。毎日補習補習で先生がどれほど頑張ったことか」

高橋先生が「うんうん」と言って、含み笑いを洩(も)らした。

「毎日毎日、張り合いがあるというか充実していたなぁ。桜蔭(おういん)にも二人合格したからね。市川一中組は高校受験で頑張るんだな」

金定俊子は終始にこにこしていた。寺井恵美子はおしゃまで、一年生の頃から目立っていた。面倒見の良さはクラス一だろうと亮平は思った。むろん英和辞典もカウントされていた。

「杉田、そろそろおいとまするが、園長先生にご挨拶しなくていいのか」

「お気遣い感謝しますが、その必要はないと思います。母が来た時もそうでしたし、他の園児の関係者が来園した時も園長は決して顔を出しませんでした」

「ふうーん。そういう仕来たりなんだね。それにしても、杉田は成長したなぁ。言葉遣いなんかも中一とは思えないほど丁寧なのには驚くよ」

「ありがとうございます。めぐみ園で鍛えられていますので」

「杉田はませてるんだ」

　木川が初めて口を利いた。口数の少ない静かな少年だった。

「先生、僕がめぐみ園にいることがどうして分かったのですか」

「市川市の児童相談所へ行ったんだ。所長が親切な人で、めぐみ園の場所や、どういう施設なのかなど、いろいろ教えてくれた。杉田のことが気になってならなかったのだが、初めて受け持った小学生たちを卒業させて、安心したし時間もできた。ここにいる六人は、声をかけたら、即行きます、行きたいと言ってくれたんだ」

「先生、ありがとうございました。芝崎昇君、下山久彦君、林征一郎君、木川正雄君、寺井恵美子さん、金定俊子さん、皆さんほんとうにありがとうございました。ご恩は忘れません」

亮平は途中で声がくぐもり、「ご恩は忘れません」は涙声だった。

寺井恵美子が泣いてくれた。気丈だが涙もろいのだろう。

「また来るからな」

芝崎が亮平の背中をどやしつけた。

一行は二時間余の交歓を終え、めぐみ園を後にした。亮平は門まで見送って、みんなの姿が見えなくなるまで手を振り続けた。

〝望の部屋〟へ戻ると、プレゼントを見た定岡たちが大騒ぎしていた。

亮平は強い口調で命じた。

「折笠先生が見えるまで、お土産には手を触れてはならないからな」

亮平がその次にしたのは、机の前に座って英和辞典をめくり、三ページ目の余白の部分に鉛筆で次のように書き込んだことだ。

〝寺井恵美子さんから賜わる〟〝感謝、感激、感動〟〝昭和二十六年五月五日　杉田亮平〟

賜わるなんてすらすら書けたことが我ながら不思議だったが、要するに俺は頭脳明晰なんだと自惚(うぬぼ)れるしかない——。

3

〃望の部屋〃で、折笠先生、定岡、亮平の三人が額を寄せ合った。

「信夫ちゃんの意見はどうなのか、聞かせて」

「亮平へのお土産だから、亮平に任せるべきです」

折笠先生は思案顔を亮平に向けた。

「僕は独り占めする気はありません。だいたい、こんなに一杯、独りでは食べられない」

「勝ちゃん、太郎ちゃんを含めた四人で分ける訳にもいきませんね」

折笠先生がいつぞやの〃落花生事件〃をあてこすっていることは明瞭だ。亮平は一瞬、定岡と顔を見合せて、目を泳がせた。

「〃奥〃と相談しなくていいかしら。少なくとも〃お母さん〃に報告する必要はあると先生は思うの」

「ないと思います。先生たち、それに高井さんと園田さんにもおすそ分けして、園児みんなで分けるのはどうでしょうか。一升のお米は相澤先生にあげたいと思います」

「亮ちゃん、お米のことは先生も賛成するわ。相澤先生のことだから、それこそ独り占めするなんて考えられない。いつもの麦ご飯に白米を混ぜてくれるでしょう。亮ちゃんの好意には大喜びすると思います」

折笠先生は相好を崩したが、すぐに表情を引き締めた。

「松尾先生の考えも聞かなくてはねぇ。亮ちゃんの意見も伝えて、今夜中に〝奥〟との関係をどうするか決めましょう。亮ちゃんの気持ちは分かるけれど、〝お母さん〟を無視することはあり得ませんよ。亮ちゃんは、〝お父さん〟や〝お母さん〟から大目に見られていることを忘れてはいけません。先生は全て報告したほうが無難なのではないかと思っているのよ」

「困ります……」

亮平は頰をふくらませ、声を励ました。

「英和辞典のことだけは話さないでください。〝奥〟に取り上げられたら、僕が可哀想過ぎます」

亮平は机の上の辞典を手にして、開いて見せた。

「寺井恵美子さんからのプレゼントだったの。テキパキした可愛らしいお嬢さんねぇ。もう一人のお友達も楚々とした素敵なお嬢さんでしたね」

「金定俊子さんは大きなお米屋さんの子です」

「それでお米の差し入れなのね」

「はい」

「辞典のことも〝お母さん〟の耳に入れておいた方がいいと思うの。どうせ分かることでしょう」

折笠先生に顔を覗(のぞ)き込まれて、亮平は横を向いた。

「カバンの中に仕舞って、使うのは学校だけにすれば大丈夫だと思います」

「それでも必ず知られてしまう。先生は食事の時間や就寝中に〝お母さん〟がみんなのカバンの中を時々点検しているのを承知しているのよ」

「ひでえや」

「そんなのありか」

亮平と定岡が同時に声を張りあげた。

「〝お母さん〟はそれだけ園児のことを心配している、心をくだいているとも取って取れないことはないでしょう。どちらかと言えばそこまではやり過ぎと思い、遠まわしに〝お母さん〟に伝えたんですが、嫌な顔をされた上に『園長の立場がどういうものか考えなさい』と言われました」

亮平はふくれっ面をするだけで、なにも言い返せなかった。

「亮ちゃんの気持ちを尊重するように、松尾先生と二人で頑張るからね」

折笠先生の優しさに、亮平は救われた思いだった。


亮平が高井、園田の部屋へ行ったのは翌日の夜だ。

「おう、亮平」

「嬉しそうな顔してるじゃねぇか」

高井も園田も、いつもよりご機嫌だった。

高井が目と手で、ベッドに座るよう亮平に促した。

「白米のご飯、旨かったぞ。俺たち二人は特別扱いだってさ。相澤さんから亮平に礼を言うように言われたよ」

「へえー。よかったぁ。二人だけ特別扱いは、僕の気持ちが相澤先生に伝わったんですねぇ」

「おまえ相変らず口が達者だなぁ。口が減らないとも言いたいよ」

「高井さん、白米のご飯だけで、ほかにお土産の配給は無しだったのですか」

「そうそう。羊羹一切れと塩せんべいをもらった。ありがとうありがとう」

園田が亮平に上体を寄せた。

「高橋とかいう先生、立派だなぁ。六人の生徒を引率して来たってねぇ。こんなことは、めぐみ園開闢(かいびゃく)以来だ。亮平の人気がいかに大きいか、いま高井さんと話してたところだよ」

「おまえ、まんざらじゃないだろう。顔に書いてある」

「はい。おっしゃる通りです」

「おっしゃる通りときたか。もっと俺たちに話したいことがあるんだろう」

「あります。英和辞典を学校へ持って行けるようになりました。めぐみ園では、勝ちゃんたちにも貸してあげます」

「英和辞典？　初耳だぞ」

亮平は園田にもっと上体を寄せられた。

亮平の説明を聞き終えた高井が深々と頷(うなず)いた。

「折笠先生のお手柄だな。あの園長から、そこまで引き出すとは恐れ入谷(いりや)の鬼子母神(きしもじん)もいいところだ」

亮平には意味不明だったが、聞き流した。

「折笠先生と松尾先生の二人掛りで〝お母さん〟に立ち向かってくれたんです」

「そうだったな。いま亮平が話したばかりだ」

「はい。繰り返しますが、折笠先生一人じゃ、〃お母さん〃に勝てっこありません。カバンの中を時々調べられてるとは夢にも思いませんでした」

「えっ、亮平だけ園長に狙われてるのか」

「高井さん、僕だけ狙われてるなんて、ひどいこと言いますねぇ。園児みんなです」

「ふうーん。高井さん、園長のやりそうなことだと思いませんか」

高井が猪首を巡らせた。

「この部屋も点検されてるのかなぁ」

「まさか、そこまでは」

「どうかな。分からんぞ。園長のずるがしこさは想像を絶する……。もっとも点検されて困る覚えはないから、どうぞご随意にって言ってやりたいけど」

亮平の胸中も、園田と同じで、「まさか、そこまでは」だったが、ちょっぴり心配になってきた。高井の真顔を見ていて、その思いが増した。

「亮平、左手の脇に抱えているのはなんなんだ?」

「やっと気付いてくれましたか。その、つまり英和辞典です」

亮平は大切そうに、そうっと高井に辞典を差し出した。

「三ページ目を見てください」

高井は黙読し、ひと頷きしてから辞典を園田に回した。

園田は声に出して読んだ。

「〝昭和二十六年五月五日　杉田亮平〟。なるほど。こんな分厚い辞典を拝ませてもらえて、嬉しいよ。たまには俺たちにも貸してくれよな」

「はい。いいです」

「その声の調子はいやだのほうだな。心配するなって。冗談を言ったまでだ。俺には猫に小判だからな。亮平の顔にもそう書いてあるぞ」

亮平は頭を激しく横に振った。

「汚されるのをちょっと心配しただけです」

「園ちゃん、亮平には感謝しないとなぁ。白いおまんまを食わせてもらったのは初めてだもんなぁ」

「相澤先生に感謝してください。僕はそこまでは考えませんでした。さっき、僕の気持ちが伝わったと言いましたが、ちょっと違います」

「いまの発言も含めて、相澤さんに伝えよう。必ずそうする。喜ぶだろうなぁ」

「僕、相澤先生も大好きなので、すごーく嬉しいです。めぐみ園には心の優しい人が大勢いるので、ありがたく思っています。高井さんも園田さんも大好きです」

「俺も園ちゃんも亮平が大好きだ。おまえは誰とでも人なつっこく付き合っている。亮平みたいな園児は、それこそめぐみ園始まって以来初めてなんだ。おまえはめぐみ園の誇りだと俺たちは思っている」

「褒め過ぎです。でも、きのうときょうのことは、一生忘れないと思います」

高井の口調は揶揄的でもなければ、皮肉っぽくもなかった。

「おまえが辞典を見せびらかしに来た今夜のことは俺も忘れない」

「自分も忘れません」

園田は上体を乗り出して、亮平の頭を撫でた。

高井がしみじみと言った。

「ただなぁ、園長のことも浩のことも油断できないことが身に沁みて分かった思いだ。カバンの点検もさることながら、亮平への土産の二分の一は〝奥〟でせしめたっていうから、あいつらほんとやるよなぁ」

「僕は、それで済んでホッとしてます。白米は全部相澤先生にゆきました。もちろん僕たちの夕食にも少し白米が入っていました。辞典も確保できました」

亮平は手にしていた英和辞典を胸に当てた。

「浩ちゃんに取られるんじゃないか、心配で心配でならなかったのです」

「小濱浩を園舎に寄せつけなくしたのも、亮平の手柄だな。ねぇ高井さん、そうでしょう」

「その通りだ。しかし夢夢油断めされるなを強く認識しないとなぁ。亮平にあいつが突然襲いかかってきた事実もあるしな」

「ええ」

「松尾さんは〝奥〟との距離の取りかたで悩んでたが、園児のためと胸に刻むようなことを話していた。ふっきれたというか、〝奥〟のあり方を批判するようになった。亮平の功績かもなぁ」

「英ちゃんと小林さんが駆け落ちまがいのことをしでかしたのも影響してるように思えませんか」

「そうだな。保母さんたちや炊事係の相澤さんたち、我々も含めて園舎側の空気が良くなり、士気が高揚したことは間違いないのだろうな」

高井と園田の話はいつ聞いても興趣が尽きない。亮平はワクワクドキドキしながら耳を傾けた。

4

突然の再会から一週間後の十二日の土曜日にも、下山久彦と芝崎昇の二人がめぐみ園に現れて、杉田亮平を驚かせた。お土産のお菓子も一杯持参してくれた。

定岡信夫が気を利かせて、〝望の部屋〟の園児たちを別の部屋へ連れ出してくれた。

「また杉田に会いたくなったんだ」

「それもあるけど、用事もあるんだよ」

下山と芝崎は顔を見合せて、にんまりした。

「僕に用事ってなんなんだろう。話を聞く前にお茶を用意しようか」

亮平は折笠先生の部屋へ小走りで行き、「先生、お茶をお願いします」と頼んだ。

「お客さんは何人なの」

「二人です。芝崎君と下山君がまた来てくれたのです。何か僕に用事があるそうです」

「亮ちゃんは親切なお友達が大勢いて、幸せですね」

「はい。お茶をよろしくお願いします」

亮平は一揖して、急いで戻った。

下山と芝崎は制服を脱いでワイシャツ姿になっていた。

二人は学校が異なるので制服も違うが、椅子に掛けられた上着が亮平の眼に眩しく映った。

「あのなあ、五日に七人でここへ来た時、帰りの電車の中で話がでて、市川小学校卒業後、初めてのクラス会をやることに決めたんだ」

下山の話を芝崎が引き取った。

「日時は五月二十日日曜日の午後二時。杉田にはぜひ出席してもらいたいっていうのが高橋先生やみんなの希望なんだが、そのことを伝えるために、きょうやって来た訳だ」

「ふうーん。ありがたいし嬉しいが、僕は市川小学校の卒業生じゃないけど、いいのか。僕以外の宮田小学校転校生も誘うのか」

「もちろんだ。中村晃也も誘う。杉田は中村と仲良しだったからな」

下山が芝崎と顔を見合わせながら言った。

「ま、おまえは特別っていうか別格だけどな。クラス会をしよう、したいということになったのは、杉田のお陰だからな」

「高橋先生のお陰だろう。先生が君たちをめぐみ園に連れてきてくれなかったら、この話はなかったかも知れない」

「高橋先生は、杉田の元気な顔をみんなに見せてあげたいって、おっしゃっていた。確かに先生が発案したんだ」

「クラス会をやろうと言い出したのは下山だよな」

「電車の中でがやがや話してたので、よく覚えてないけど、寺井さんも金定さんも乗り気だったよね」

「あの日は行方不明の杉田に逢えて、みんな興奮したたし、なんだか分からないが、嬉しくてならなかった。やっぱりクラス会は杉田のお陰なんだよ」

折笠先生が緑茶を運んできた。

三人とも起立した。

「こんにちは。お邪魔しています」

「先日は大勢で押しかけて、ご迷惑をおかけしました」

芝崎と下山は丁寧に挨拶した。

「こんにちは。たくさんお土産をいただいて、ありがとうございました。めぐみ園の全員が皆さんに感謝しています。ほんとうにほんとうに、ありがとうございました」

「折笠先生がおっしゃった通り、みんな喜んでくれた。僕は鼻高々で、興奮いまだ冷めやらずなんだ。しかも、また二人が来てくれて、クラス会に誘ってくれたんだから、嬉しくて嬉しくてならないよ」

「どうぞ、お座りください」

折笠先生も椅子に腰をおろした。

「亮ちゃん、クラス会ってどういうことですか」

「市川小学校で、高橋先生の教えを受けた卒業生が初めてクラス会をしたいと考えたのです。杉田を訪ねたことがきっかけになったので、杉田にはぜひとも出席してもらいたいと思っています」

「そのお願いで、きょう来ました」

下山は中腰になって、頭を下げた。

「折笠先生、よろしくお願いします」

芝崎もお辞儀をした。

折笠雅子は小首を傾げ、右手を頬に当てて思案顔になった。

「折笠先生のそんなに困った顔を見たのは、落花生事件以来です」

亮平は軽口をたたいた。

折笠雅子はちらっと亮平に目を流した。

「亮ちゃんにしては考えが浅いなぁ。なんせ初めてのケースなんですよ。いまこの場で決められません。先生独りで判断できないわ」

「日帰りでクラス会に出るだけのことです。折笠先生がＯＫなら問題はないと思います」

亮平は下唇を突き出した。

「〝お母さん〟の許可が必要だとは思わないの」

折笠先生にしては強い口調だった。

「園長はあいにく外出していますので、あした相談して結果を電話でお知らせしましょうか」

「僕の家に電話はありますが、あしたの三時頃、もう一度めぐみ園に来ます」

「僕も芝崎と一緒に来ます」

下山の柔和な顔が引き締まっていた。二人とも一歩も引かない決意表明をしたに等しい。

「杉田とは何度でも逢いたいので、ここに来られるだけで嬉しいんだ」

芝崎に笑いかけられ、亮平は笑顔を返しながら胸が熱くなった。

「あなた方の友情は素晴らしいと思います。園長の許可を取り付けられるよう、せいぜい努力します」

折笠先生は退出した。

芝崎は「われわれが直接園長に談判してはいけないのか」と肩をいからせて言った。

「そんなことはないと思うけど」

「杉田がいないクラス会ならやらないほうがいい。なあ、下山、そう思わないか」

「先週ここへ来たことが、きっかけなんだからなぁ」

「〝お母さん〟と称している園長は意地悪だから、前例がないことを理由に拒否するかも知れない」

「園長を〝お母さん〟なんて呼ばされてるのか。なんだか気色悪いなぁ」

「芝崎、ついでに言うと理事長のことを〝お父さん〟と呼ばされてるんだ。初めの頃は妙な感じがして、なかなか言えなかったが、慣れてきたのか、近頃ではどうってことなくなったよ」

「〝お父さん〟〝お母さん〟ねぇ。俺は抵抗感あるなぁ」

芝崎は顔をしかめて、緑茶を飲んだ。

「だけど、園長と理事長の側に立てば、園児との距離を縮めたいと考えて、そう言わせてるんじゃないのかなぁ」

下山が大人びた口調で続けた。

「さっき保母さんに落花生事件とか言ってたが、どういうことなんだ」

亮平は思わず眉をひそめた。下山のやつ余計なことを思い出しやがって。まあ、いいか、半年も経ってるから時効みたいなものだ。

亮平は気持ちを変えて、落花生事件の顛末を詳しく話した。

「盲腸の手術を見たことないだろう。園長はやっぱり変わってるよなぁ」

芝崎が深々と頷いた。

「杉田、アルバイトで手術費稼いだのか」

「ううん。冗談だろう。もう忘れてるよ」

「杉田は遠足の時に、編み上げ靴なんか履いてて市川小学校ではお坊ちゃんで通ってたけど、めぐみ園では苦労してるんだなぁ」

「うん。小学三、四年の頃はそうだった。今は集団生活も悪くないと思うようになったよ」

「無理してるな。辛いんじゃないのか。脱走したくなるくらい」

「そこまで考えたことはないよ。無理している面が無いとまでは言わないが……」

果たしてそうだろうか。今は静かにしているが、小濱浩が暴れ出したら、最悪の場合、集団脱走もあり得るかも知れない――。

「高橋先生が頻りに杉田の将来のことを心配していたが、俺もめぐみ園はおまえにそぐわないと思う。長居する所じゃないよ」

「芝崎の言う通りだ。中学を卒業したら働きに出されるんだろうな」

下山が時計に目を落した。

「もう五時だ。あした来るから、きょうはもう帰ろうか」

「あしたは手ぶらで来るからな」

「当然だろう。園長と対決してくれるっていう訳だ」

亮平は、芝崎と下山を習志野駅まで見送った。

5

折笠雅子から話を聞いた小濱園長は即座に「わたしは反対です。亮平だけを特別扱いして、いい訳がありません。ほかの園児への示しがつかない。わたしが亮平の友達と話します」と、けんもほろろで、なにか言おうとする折笠先生を手で制して、背中を向けてしまった。

取り付く島も無いとはこのことだ。

だが、芝崎と下山はねばりにねばった。

二人は園舎の応接室で、小濱守見子と対峙(たいじ)した。

「絶対反対の理由を説明してください」

「芝崎さんとおっしゃいましたか」

小濱園長はつくり笑いを芝崎に向けた。

「ここは児童養護施設なのです。つまり孤児院で、ほとんどの園児は両親がいません。よってわたくしどもが母親役、父親役を務めさせてもらっているのです。亮平の両親は生存していますが、みなしごと同じ扱いをせざるを得ないのです。亮平一人を特別扱いすることは許されることではありません。あなた方が亮平に面会に来てくれること自体、わたしはいかがなものかと思わぬでもありません。ほかの園児たちは、その程度でも亮平を羨ましく思うかも知れない。しかし、そこまで厳格にすることはないでしょう。ただし、長時間の外出となると、断じて許可することはできません。それは亮平のわがままというものです」

下山が園長を強く見据えた。

「杉田亮平君のクラス会出席がわがままとは思いません。われわれ旧友たちの希望を申し上げ、お願いしているのです。断じて許可できないとおっしゃいましたが、僕には園長先生は無慈悲で意地悪をしているとしか思えません。ほかの園児が羨ましく思うぐらいのことが何故許可されないのでしょうか。だいたい彼らがほんとうに羨んでいるのでしょうか。折笠先生が園児全員が僕たちに感謝しているとおっしゃってくださいました。五月二十日の夕方、杉田にお土産をたくさん持たせて帰らせます。また皆さんに喜んでもらえるようにしますので、どうか杉田のクラス会出席を許可してください」

「杉田のいないクラス会は考えられません。どうしてもダメと言われたら中止するまでです」

芝崎は園長を睨みつけた。

「まるで脅迫ですね。あなた方の熱意には頭が下がりますが、はい分かりましたと言う訳にはゆきません。外出中の杉田亮平になにかあったらどう責任を取るんですか」

「凄まれているのは僕たちのほうです。クラス会をするかしないかでそこまで考えたり言ったりするのは異常です」

芝崎がテーブルに上体を乗り出した。

「実は、市川の児童相談所の所長の意見を聞いてきました。クラス会に杉田を招くことについて、所長は全く異議なしとおっしゃってくださいました」

小濱園長は内心唸り声を発していた。中学一年生の知恵とは思えないほどツボを押えている。頭の良い子たちだ。亮平以上だろう。

「そこまで、思い詰めて……。亮平は良き友達に恵まれましたね。しかし、めぐみ園の理事長はわたしの夫の小濱仁です。五、六分お待ちください。わたしの一存では判断しかねますので、理事長の意見を聞いてきましょう」

園長が応接室に戻ってくるまで二十分ほど要した。

「皆さんの熱意、友達思いに免じて、亮平のクラス会出席を認めることにします。ただし今回限りですからね。つまり例外ということです」

「分かりました」

「ありがとうございます」

下山と芝崎は起立して低頭した。

園長は「亮平のために、二回も続けてここへやって来た君たちは見上げたものです。そんなに杉田亮平が好きなんですか」と皮肉っぽく訊いた。下山が応えた。

「五月五日に杉田君と会ったことがクラス会を開く動機です。杉田君を外す訳にはいきません。それにクラスメート全員が杉田君と会いたがっています。許可が得られなかったら、大挙して押しかけようかと話していたところです」

「君たちのような友達がいるとは、杉田亮平は幸せな子ですね」

芝崎が再び上体をテーブルに乗り出した。

「園長先生にもう一つお願いしたいことがあります。五月二十日のクラス会の日に、一泊だけ杉田君を我が家に泊めることはいけませんか」

「翌日の学校はどうするの」

「朝早く市川を発てば問題ないと思います」

「外泊までは許可できません。それは君たちの甘えです。長時間の外出だけでも例外、特別扱いであることをわきまえなさい」

園長にぴしゃりと言われて、芝崎は「ごめんなさい」と言って、下を向いた。

「わたしはこれで失礼します。亮平をここへ呼びますから、二、三十分話したらよろしい」

園長が退出して、亮平が現れるまで二分とはかからなかった。

「〝お母さん〟が怖い顔して、君たちに会えって言ったが、駄目だったのか」

「うん。外泊はな」

「芝崎、どういうこと」

「クラス会の出席については理事長に判断を求めて渋々許可してくれたんだ。もう一押しと思って、我が家に一泊はどうかって言ったら、園長は顔色を変えて反対した」

「それは無理だよ」

「俺の判断が甘かった。母が杉田に手料理をご馳走したいなんて言うものだから、駄目もとで切り出したんだが……」

「俺はクラス会も取り消されるんじゃないかって心配した。意地悪そうな園長だよねえ」

「下山はよく見てるな。〃お母さん〃なんて僕たち園児には呼ばせてるけど、およそ〃お母さん〃らしくない人なんだ。クラス会出席を許可したことが不思議なくらいだ。君たちにいくら感謝してもしきれないよ」

「杉田、クラス会は二時からだから、昼食を我が家でどうだ。母が喜ぶと思う。よかったら下山も一緒に来ないか」

「ありがとう。考えておく」

待ちに待ったクラス会の日、亮平は午前十時にめぐみ園から外出することが許された。折笠先生に事情を話したところ、「それぐらいは先生の一存で了承しましょう。せっかくのお友達のお誘いを断るのは失礼だし勿体ないと思います」と言ってくれたのだ。

折笠先生はついでに電車賃まで用立ててくれた。

芝崎家は市川で手広く大工業を営んでいて裕福だった。

下山は遠慮して来なかったが、昼食は心づくしのちらし寿司ととんかつなどだった。

芝崎の母親の親切さ、面倒見の良さは亮平の胸に染み入った。

「同窓会でがつがつするのはみっともないから、ここでたんと食べてね」

「めぐみ園の食事は貧しくて量が少ないので、毎日、こんなに食べられる芝崎君が羨ましいです」

「きょうは特別だよ。杉田の歓迎会だからな」

「ありがとうございます。クラス会に連れ出してくれただけでも凄いことなのに、こんなにご馳走になって、胸が一杯です」

「杉田さん、遠慮しないで、いつでも来てくださいい。小学校一年生の時から仲良くしてもらって、昇は杉田さんと再会した時のことを夢中で話してくれたんですよ」

しばし三人は食事に集中した。

芝崎の母親が去ったあとで、亮平は話題を変えた。

「芝崎はクラスで一番、高橋先生に可愛がられていたよなぁ。どうしてなんだ？」

「左目が不自由で、ぜんぜん見えないからだよ」

「やっぱりそうだったのか。黒目がちょっと濁ってるよな」

「俺は九人兄弟の末っ子だから、母は責任を感じて、俺をどれほど大切にしてくれたか分からない。母の話では毎日硼酸で目を洗ってくれていたらしい。眼球が飛び出して、押し込んだことがあったとも聞いた。新田にある藤原眼科医院へ毎日のように通ったんだって。もちろんほとんど記憶にないけど。病名も分からないんだ」

「高橋光芳先生が芝崎のことを労るのはよく分かるよ。やっかみたくなるほど君を大切にし、大事にしてたものなぁ」

「さすが杉田は良く見てたんだ。ただし、贔屓とは違うぞ」

「分かる。よーく分かる。高橋先生はクラスの生徒全員に、いつも心を砕いていた。凄い先生、立派な先生だと、いつもいつも思っていたよ。めぐみ園にいる僕を探してくれたのも、高橋先生なんだからね」

「船橋に近いけど、住所は千葉郡二宮町なんだよな。地図で調べた」

「うん。そうなんだ」

芝崎が話題を変えた。

「ところで杉田、いつまでめぐみ園にいるつもりなんだ」

「二宮中学を卒業するとなれば、あと約二年いることになるな」

「実は、高橋先生が心配しててねぇ。おまえの母親に会ったりしてるらしいが、親権者の母親に子供たちを引き取る能力はないみたいだねぇ」

「高橋先生が母に会ってくれたのか」

「うん。そう聞いている。クラス会の後で、おまえに話すんじゃないかなぁ」

クラス会は、高橋教諭が現在受け持っている市川小学校の三年三組の教室で催された。

懐かしい顔ぶれに亮平は胸が高鳴る思いだった。

亮平はまず、めぐみ園を訪問してくれた六人の旧友たちにお礼を言い、最後に高橋先生に挨拶した。

「先生、本当にありがとうございました。まだ五月五日の興奮の余韻に浸っています。夢心地です」

「元気な杉田亮平に逢えただけでも嬉しいよ。クラス会は杉田のお陰もあるぞ。よく来てくれた」

「下山君と芝崎君が頑張ってくれました。意地悪な園長の許可を取るために、二日続けてめぐみ園に来てくれたのです」

「芝崎と下山は、わたしの自慢の教え子だからな。もちろん杉田もその一人だし、わたしは良い生徒に恵まれたな。きょうは四十五人も集まってくれたらしいが、教師冥利（みょうり）に尽きる思いだ」

廣瀬治夫（はるお）と宮本雅夫（みやもとまさお）が教室の隅で立ち話をしているのが、亮平の眼にとまった。

「廣瀬と宮本は格上ですね」

「あえて言えば判断力では廣瀬、記憶力では宮本かねぇ」

「先生、話が飛びますが、母に会ってくださったのですか」

「うん。二回お会いした。杉田たちの将来やら、これからどうしたらいいのか、どうあるべきかなどいろいろ話をしたが、お母さんは途方にくれていたな。どうしていいか分からないというのが率直なところなんだろうなぁ」

「ご迷惑をかけて申し訳ありません。母は頼りにならないと思います。父を頼る訳にもいかないので、父方の伯父に相談してみようかとは考えています」

「わたしも無い知恵を絞ってみる。二宮中学を卒業して働くのは簡単だが、杉田は頭がきれるし、性格も良いので、それじゃあ勿体ないよなぁ」

「働きながら学ぶ、つまり苦学するしかないかも知れません」

「まだ時間はある。じっくり考えようや」

「ありがとうございます」

芝崎が「杉田、記念になにか余興をやらないか」と口出しした。

「じゃあ、めぐみ園で歌われている面白い歌を歌います。題名はありません」

亮平は起立して、精一杯高い声を張り上げた。

「親子丼（おやこどんぶり）、お寿司弁当サンドイッチ、ラムネにサイダー、牛乳」

「初めて聴いたな」

「芝崎君、当たり前だよ。めぐみ園以外で歌うのは初めてなんだ。園児が食べたい物、飲みたい物を並べて歌にした訳よ。ちらし寿司なんて食べられるのは夢みたいなものだ」

「うん。そうだろうな」

二人にしか分からない会話である。

座がシーンとなったので、芝崎がすぐさま話題を変えた。

「晃也、ぜひ頼む。〝森の石松〟。初めてのクラス会で出し物はこれしかないと思う」

寺井恵美子と金定俊子の拍手に背中を押されて、中村晃也は渋々教壇に正座した。もちろん座布団などなかった。

晃也は歌は下手くそだったが、廣澤虎造の物まねの〝森の石松〟は小学四年生の頃から得意だった。

二代目廣澤虎造は、〝清水次郎長伝〟で一世を風靡した浪曲師だ。テレビが普及していない時代にラジオによる虎造節は受けに受けていた。

『江戸っ子だってねぇ』『神田の生まれよ』『食いねぇ食いねぇ鮨食いねぇ』

〝晃也節〟の触りだが、亮平は「負けたぁ」と呟いた。拍手の量も〝晃也節〟が亮平の歌を圧していた。

高橋先生が、「おまえ、まだ声変わりしてないなぁ。ボーイソプラノじゃないか。良い声してる」と拍手しながら亮平に躰を寄せてきた。

高橋先生は、亮平の喉仏に手を触れた。

「出っ張ってないねぇ。変声期を経験しない子が時々いるが、杉田もその口かなぁ」

「良いことなんですか。それともその逆ですか」

「どっちでもないだろう。あえて言えば、高い声が出るから良いんじゃないか」

ほとんどはおしゃべりだったが、二時間半はあっという間に過ぎた。亮平は十数人の旧友たちに市川駅まで見送られた。駅の構内でなごりを惜しみ、二回も電車をやり過ごした。お土産もどっさりもらった。

6

七月二十二日の日曜日、杉田亮平は園児になって初めて映画鑑賞の時間を与えられた。

「中学生は、畑仕事や下級生の面倒を見たりよく働いてくれるから、ご褒美に映画に連れて行ってやろう」

〃お父さん〃が突然言ったのは、一週間前の礼拝の時だ。

総武線千葉駅に近い映画館で観た映画は〃鞍馬天狗・角兵衛獅子〃だ。

鞍馬天狗役は、むろん時の大スター嵐寛寿郎である。美空ひばりが、子供角兵衛獅子の杉作役で共演し、見事な演技と歌で存在感を示した。

鞍馬天狗と新選組局長の近藤勇（月形龍之介）との対決や、杉作が近藤勇の腕にすがりつき、鞍馬天狗の窮地を救うシーンは見ごたえがあったが、それ以上に亮平の心をとらえたのは、主題歌の〃越後獅子の唄〃だった。西條八十作詞、万城目正作曲のこの歌を亮平はいく度も口ずさんだ。亮平が美空ひばりファンになったのは、この映画、この歌故(ゆえ)である。

笛にうかれて　逆立ちすれば
山が見えます　ふるさとの
わたしゃ孤児(みなしご)　街道ぐらし
ながれながれの　越後(えちご)獅子

今日も今日とて　親方さんに
芸がまずいと　叱(しか)られて
撥(ばち)でぶたれて　空見上げれば
泣いているよな　昼の月

亮平は映画鑑賞の日、風邪気味だった。熱っぽくて、躰のけだるさも自覚していたが、映画の誘惑には勝てず、口にしなかった。

映画から帰ると、亮平は風邪をこじらせ、四十度もの高熱に悩まされた。

めぐみ園診療所の吉見、浅野両医師の診断は急性肺炎だった。

亮平は診療所に入院し、隔離された。ペニシリンの投与以外に打つ手はないというのが両医師の見立てだったが、所長でもある小濱守見子園長は「イエス・キリストに祈りなさい」の一点張りで、「園児にペニシリンの投与はあり得ない」と首を左右に振り続けた。

国民健康保険のない時代で、抗生物質のペニシリンは高価な薬でもあった。

折笠雅子ら保母たちは給与の返上を条件に亮平へのペニシリン投与を訴えたが、なんなく退けられた。

折笠雅子から話を聞いた吉見と浅野は、眦（まなじり）を決して、園長に迫った。特に吉見は強硬だった。

「こんな賢い子を見殺しにするんですか。医師として許し難い。あってはならないことです」

「なにが賢いですか。悪賢いの間違いでしょう。落花生事件のことを思い出してください」

「落花生と盲腸炎とはなんの関係もありません。我々二人がペニシリン代を用立てます。給与から引いてください」

吉見が浅野に目で了解を求めた。浅野は強く頷いた。

「一時間、いや一分を争います。なんとしても我々の願いを叶えてください。クビを覚悟で申し上げているのです」

両医師に辞められたら、診療所は立ちゆかない。両医師の評判でもっていることは確かだった。

かたくなな園長も、さすがに一歩、いや百歩引かざるを得なくなった。

「承諾します。亮平にペニシリンの注射をしてください。吉見先生と浅野先生のお陰で診療所は成り立っています。給与をどうのこうのとの話は忘れてください。わたしとしたことが、どうかしてました」

園長はにわか笑顔までつくって、態度を豹変させた。

危機一髪だったが、亮平は九死に一生を得ることができた。

抗生物質のペニシリンの効力は凄い。亮平は二、三日で平熱に戻り、〝望の部屋〟に戻れるようになった。ただ頬がげっそりし、体重の激減は仕方がなかった。鏡に映った顔を見た時、亮平は『俺の顔じゃない』と思ったほどだ。

当分安静が必要という医師の厳命で、寝室のベッドに横たわっていることが多かったが、折笠先生の献身的な看護は、亮平の胸を打った。

食事は重湯(おもゆ)から始まり、ほどなく一般食に替わると、折笠雅子は「相当体力が落ちていますから、栄養をつけなければいけませんねぇ。先生たち全員からです」と言って、チーズや卵を差し入れてくれた。

「亮ちゃんは恵まれています。吉見先生と浅野先生が、職を賭(と)してペニシリンの投与を〝お母さん〟に訴えなければ危ないところでしたよ」

「僕も一巻の終りで死を覚悟しました。映画に行かないで静かにしていれば、風邪で済んでいたと思います」

「さあ、どうかしら。疲労も重なっていたから、どっちみち肺炎を患(わずら)っていたと先生は思います。でも、亮ちゃんはツイている。夏休みだったことも幸いでした」

「はい」

八月に入ってほどなく、芝崎と下山がめぐみ園にやってきた。

もちろん、亮平の肺炎罹病(りびょう)もペニシリンで一命をとりとめたことも二人は知る由(よし)もなかったので、げっそりしている亮平を見てびっくりしていた。三人は〝望の部屋〟で話した。

「生きているのが不思議なくらいだ」

「杉田は殺しても死ぬような奴じゃないよ」

芝崎は冗談を言ったが、目が潤んでいた。

「実は高橋先生からの伝言があるんだ。先生はおまえのお父さんと話したそうだ。夏休み中にめぐみ園に行って、おまえと話したいとお父さんは言ってるらしいぞ。下山と俺は地ならしで来たようなものなんだ。お父さんとしてもいきなりめぐみ園に行くのはどうかと思ったんじゃないかな」

「お父さんはおまえたちを引き取る用意があると高橋先生に言ったらしいが、よくよく考えて返事をしたらいいよ」

「ここへぶち込まれる前に、父からおまえだけでも小岩で一緒に暮らさないかと言われたことがあるんだ。もちろん断ったけど」

「ほうー」

「へえー」

芝崎も下山も意外そうな顔をした。

「父に我々を引き取る能力があるとは思えないけどなぁ」

「そうでもないんじゃないのか。小岩駅前の富士映画のプログラムの制作を一手に引き受けていて、有卦に入ってるらしいぞ」

「日本宣伝社っていう会社の社長じゃないかな」

下山は真顔だったが、亮平は笑い出した。

「日本宣伝社ねぇ、大きく出るのは父の〝病気〟なんだ」

「小岩大映のプログラムも手がけてるんじゃなかったか。下山は聞いてないかも知れないな。俺は高橋先生から聞いたぞ」

「それにしても映画館二つのプログラムで日本宣伝社は、お臍で茶を沸かすと言われてもしょうがないだろう」

亮平はゲラゲラ笑った。

「杉田、元気が出てきたなぁ。見る見るうちに元気になってるよ」

「ほんとだ。顔色も良くなっている」

「下山、君たちのお陰だよ。偶然の病気見舞いだけど、タイミングよく来てくれた。君たちには頭が上らない」

「杉田が三拝九拝しなければならないのは高橋先生だろう。先生は杉田のことになると夢中になるんだ。おまえのことが心配でならないのだろうなぁ」

「うん。先生は母にも会ってくれた。そして父にも。一番は君たちを率いて、めぐみ園に来てくれたことだ。クラス会にも呼んでくれたしねぇ」

亮平は涙ぐんでいた。

「杉田は俺たちにとっても大切な友達なんだ。俺も下山も自然体で、めぐみ園に来られる。無理をしている訳でもなんでもない」

芝崎は日を置かずに、一人で見舞いに来てくれた。

「こないだは手ぶらだったから、ちょっと恰好悪かったよ」

照れ臭そうな芝崎の顔が、亮平の目には神々しくさえ映った。


八月中旬に珍客が〝望の部屋〟に現れた。

小濱仁・守見子の長男、博だった。小濱博は三十路を迎えて間もなかった。東京大学を出て岩波書店の社員になっていると亮平は知り得ていた。

「亮平君、元気になって良かったなぁ。いろいろ聞いてるが、吉見先生と浅野先生の判断は素晴らしかったと思うよ。本当に良かった良かった」

博に肩をたたかれて、亮平は嬉しくなった。

「めぐみ園のエースだと聞いて一度会いたいと思ってねぇ」

「ありがとうございます」

「君は将棋ができるのかな」

「はい。四年生、五年生の頃父とよくやりました」

「それは嬉しい。将棋盤と駒を持ってきた甲斐があったね」

色白は英、浩の弟たちと同じだが、きりっとした面立ちで、好青年という感じがした。

弟たちは母親似だが、博は父親似だ。

身長が高いせいか猫背になりがちだが、時折背筋を伸ばして、深呼吸するのが癖らしい。

「飛車、角落ちでしょうか」

「いいえ。まだお互いの実力は分かりませんから」

「言うねぇ。自信満々なのか」

「父とは互角以上でした」

「めぐみ園で将棋をするのは初めてなんだろ」

「ええ」

「だったら緊張してるはずだが」

「そうでもありません」

亮平の先手で始まり、角道をあけた。博も同じ手だったので、亮平は素早く角を交換した。

次は筋違いの角を打ち、歩をせしめた。意表を衝かれ、博は防禦に入った。それも苛立つほどの長考である。

亮平の将棋は感覚的なので早い。三手以上先は読まないようにしていた。

一回戦は約五十分。素人将棋にしては長過ぎる。博は悔しそうに投了した。

「もう一番いいかな」

「時間がないので、一手一分以内にしましょう」

「そうか、きみは早指しなんだな」

亮平は二局目は定跡を心がけた。結果は亮平の辛勝で終った。

「めぐみ園も変ったな。将棋の強い子がいるとは知らなかった。あしたもここへ来ていいか」

「はい。僕は暇をもて余しています」

「じゃあ、午後三時頃顔を出すよ。将棋盤と駒は置いていこう」

「詰め将棋していいですか」

「君の実力なら、詰め将棋ができるのは当然だな」

「ありがとうございます」

将棋盤は二つ折りの中級品だったが、駒は桐箱（きりばこ）入りの高級品だった。

「握手しよう」

「はい」

亮平は博の掌（てのひら）のぬくもりを感じながら、この人がめぐみ園の園長になってくれれば言うことなしなのになぁと思っていた。

第六章　父の愛情

1

翌日も小濱博は〝望の部屋〟に顔を出した。

午後二時頃なので、約束より一時間ほど早かった。

「心ばかりのお見舞いだよ」

博は照れ臭そうにキャラメルを一箱、杉田亮平に手渡した。

「ありがとうございます」

亮平は、いつぞやの浩の一粒との違いに思いを致して、顔をほころばせた。〝お父さん〟から、なにか聞いたのかも知れないと気を回したが、考え過ぎで、偶然と思うべきだろう。

亮平はキャラメルをズボンのポケットに忍ばせて、将棋の支度をした。

「亮平君、ほんと強いねぇ。とても中一とは思えないよ」

中盤で博がぼやいたのは、亮平のほうが押し気味だったからだ。

ところが亮平が角と飛車を取り換える強引な手を指したために、形勢は逆転し、じわじわ押され、そこから逆転はならず、投了した。

「参りました」

「よく勝てたなぁ。手を抜いたのか」

「いいえ。一所懸命やりました」

「もう一番、いいかな」

博が嬉しそうに駒を並べ始めた時、廊下に人の気配がした。

折笠雅子が来客を連れてきたのだ。なんと父の三郎だった。

三郎は見覚えのある麻のスーツ姿だった。

「お客さんだね。おしまいにしよう。なんならこれをみんなプレゼントしてもいいよ」

「いいえ。ほかにする人がいませんから」

「そう。じゃあ、失礼するよ」

博は、亮平が素早く片づけた将棋盤と駒の入った桐箱を抱え、三郎に会釈して退出した。

三郎は博と入れ違いに部屋へ入った。

「亮平、おまえ肺炎で死にそうになったと聞いて心配したが、将棋ができるほど回復したのか」

「うん。ペニシリンのお陰で生き返った。今は平熱だし、食欲もあるよ。折笠先生たちのお陰で助かった。お父ちゃん、先生にお礼を言ってね」

「先生、ありがとうございます。子供たちがたいへんお世話になっています」

「亮ちゃんが元気になって、園長はじめ、みんな喜んでおります。わたくしは何のお役にもたちませんでしたが、診療所のお医者さまが献身的に尽くしてくださいました。吉見先生と浅野先生とおっしゃいます。なによりも亮ちゃんは生命力が強かったのではないでしょうか」

三郎が目をこすった。父の涙腺のゆるさをこの時、亮平は初めて知った。

「お医者さまにくれぐれもよろしくお伝えください」

「申し伝えます。お茶を……」

折笠雅子が中座した。

「おまえ、きょうお父ちゃんと一緒に小岩に行かないか。おまえの義母になる福子小母さんや子供たちが待ってるぞ」

「そんなの無理だよ。二宮中学を卒業するまでは、めぐみ園にいないと……」

「そうかなぁ。俺はおまえたちをこんな所にぶち込んだ早苗と百子が許せない。なにが天国みたいな所だ。よく考えてみろ。おまえだって、酷い目に遭ったと思わないのか」

「お父ちゃん、僕が肺炎になったこと誰から聞いたの」

「高橋先生からだ」

「芝崎君っていう友達が高橋先生に話したんだな」

「高橋先生は一日も早く、おまえをめぐみ園から引き取るべきだという意見だった。二宮中から市川一中に転校したらどうかとも言われた」

「修二とお姉ちゃんはどうなるの」

「二人が小岩に住むことを望むのなら、そうしたらいい。とにかくおまえは一日でも急いだほうがいいな」

「よく考えてみる。修二とお姉ちゃんとも話してみるよ」

「お父ちゃんは市川一中でなければならないとは思わないが、高橋先生は小岩の中学とはレベルが違うから、寄留してでも一中にすべきだと言っていた」

「もし兄弟三人が小岩の家へ行くとしたら、受け入れられるの」

「狭い家だが、ここよりはずっと増しだろう。お陰さまで仕事は順調だ。おまえたちを路頭に迷わすようなことはないから安心しろ」

折笠雅子がお茶を淹れて、〝望の部屋〟に戻ってきた。

三郎は大きな風呂敷包みをあけて、包装された箱を取り出し、「つまらないものですが」と言って、両手で折笠先生に手渡した。折笠雅子もおしいただくように受け取った。

「お菓子なの」

「最中と栗まんじゅうだ」

「あとでみんなでいただきましょう。ありがとうございます。ごゆっくりどうぞ」

折笠雅子は退出した。

三郎は「きょう亮平をここから連れ出すことは難しいようだな」と独りごちて、ほどなく帰って行った。

亮平は、帰る前に修二と弘子に面会することを勧めたが、三郎は急用でもあると見え、「この次にしよう」と言って、取り合わなかった。

亮平は、すぐに折笠先生に相談した。

「難題が持ち上がったわねぇ。亮ちゃん一人だけということはあり得ないと思う。弘子ちゃんと修ちゃんの気持ちがどうなのか、悩むところだし、簡単に答を出せるかなぁ」

夕食後、折笠雅子は弘子、亮平、修二の三人を自室に呼び出した。

「わたしは、小岩で父や父の愛人たちと一緒に暮らす気にはなれません」

弘子は真顔で言い切った。

「僕は高橋先生の意見に従うつもりだ。めぐみ園にいる限り、将来の見通しは立たないと思う」

「修二はどうなの」

弘子に凝視された顔を修二はすぐに亮平に向けた。

「僕はお兄ちゃんと一緒に行きたい」

「親権者はお母ちゃんなのだから、お母ちゃんの意見も聞かないことには、勝手に決められないでしょう」

「しかし、高橋先生はお母ちゃんに二度も会って話をしてくれたらしいが、お母ちゃんは途方にくれるばかりで、なんの解決策もないみたいだよ。お父ちゃんを頼るしかないんじゃないかと僕は思う」

「修二は中学を出るまでまだ時間があるから、もう少し様子を見るべきなんじゃないの」

「僕だって、なるべく早くめぐみ園を出たいよ」

「実はあなたたちのお父さんがいらっしゃったことを、先生はまだ〝お父さん〟と〝お母さん〟に報告してないの。まず三人と話してからと思ったものですから……」

「〝お父さん〟と〝お母さん〟には伝わっていると思います。博さんと将棋を指している時に父がやってきたのです」

「なるほど。そうだったわねえ。だとすると、あなた方三人の様子なり、意見を伝える必要がありそうですね。松尾先生にも相談して報告を急がないと」

折笠先生は目を瞑(つぶ)ってしばし考えてから、「きょうは早く寝(やす)みましょう」と言って、三人を送り出した。

廊下で弘子が亮平に言った。

「お父ちゃんがわたしたちを引き取りに来たことはまだ伏せておいたほうが無難だと思う。病気見舞いに来たってことにしておくべきで、今は時間をかせぐことを考えないと。亮平、折笠先生にそういうふうに伝えなさい。おまえはせっかちだけど、ここは時間をかけて考えようよ」

「分かった」

亮平は折笠先生の部屋に戻った。

亮平が弘子の判断を伝えると、折笠先生は「さすが弘子ちゃんね。先生はどうしたらいいか困ってたの」と言って愁眉（しゅうび）をひらいた。

2

弘子は、亮平、修二を小岩の父の許（もと）に行かせてはならないとの思いを深めていた。それはあってはならないことだと信じて疑わなかった。

コーラス部の担当教諭の稲垣富子に相談した。稲垣は亮平のクラス担任でもある。弘子は二宮中のコーラスの練習を終えたあとで、二人は音楽室で話し合った。

「杉田君を失うのは一年一組にとっても辛（つら）いことです。杉田君は市川に友達が多いし、高橋先生を尊敬しているので、郷愁を募らせているのはよく分かります。高橋先生のことを書いた作文を読みましたが、これぞ教師というほど生徒思いの素晴らしい先生だと分かりました」

「おっしゃる通りです。高橋先生ほど面倒見の良い先生はいないかも知れません。しかし、高橋先生は父のことを知らなさ過ぎます。あんなだらしない人はいません。亮平が小岩へ行って幸福になれるとは夢にも思いません。亮平は肺炎で生死をさまよって気弱になっているんです」

「えっ、杉田君、肺炎になったの。それはいつのこと」

「二週間ほど前です。ペニシリンという高価な薬のお陰で治りました」

「知らなかったわ。教えてもらえれば、お見舞いに駆けつけたのに」

「児童養護施設でペニシリンを投与してもらえた亮平は特別扱いなんです。お医者さまや保母さんたちが応援してくれなければ死んでいたと思います」

稲垣は両手で胸を押えた。

「話を聞いただけでドキドキします。もうすっかりいいの」

「はい。小岩の父の所へ行くなどと言い出しているくらいですから」

「よかったぁ。ほんとうによかった」

稲垣はじっと弘子を見詰めた。

「あなたはわたしの家庭の事情をご存じでしょう」

「はい。一度、津田沼のお宅にお邪魔したことがあります。旦那様にもお目にかかっています。素敵な方でした。中学の国語の先生ですよね」

「わたしたちが子供には恵まれない夫婦であることは分かってますか」

弘子は小さくうなずいた。

「主人とよく話すんですが、養子を迎えるべきかなと。親戚に適当な人がいるといいのですが、まったく当てがないの。わたしは杉田君のことをずーっと考えていました。われわれ夫婦には勿体ない立派な少年ですけれど、小岩より少しは増しかなと思わないでもないわ。叶わぬ夢だと思わなければいけないのかしら」

「そんなことはありません」

弘子の表情も声も明るくなった。

「いちばん下の妹が三歳で養子にもらわれましたが、幸せにやってると聞いています。小岩には女性の連れ子が三人もいるのです。亮平は負けん気が強いので、その子たちと仲良くやっていけるとは思えません。小岩より増しどころか、それこそ天国と地獄ぐらい違うと思います。亮平は稲垣先生を慕っているので、こんな良縁はめったにないと思います」

「でも杉田君は心の優しさもありますよ。このことを考えると、胸がドキドキしてなりません」

稲垣は再び胸に手を当てた。

「杉田君は多感な少年ですから、どう話したらいいか悩むところですねぇ。弘子さんから話してもらうのがよろしいのかしら」

「妹の養子縁組の時もそうでしたが、亮平は賛成したわたしに食ってかかりました。わたしは亮平を説得する自信がありません」

「杉田君に日曜日にでも我が家に来てもらって、主人と二人がかりで話してみましょうか。外出はまだ無理ですか」

「いいえ。大丈夫です」

「次の日曜日にでも来てもらえるかしら」

「でしたら、わたしが伝えます。夕方より昼間のほうがよろしいと思います。園のほうにはお友達のところへ行くことにして……」

「お任せします。弘子さんは、わたしにとって大切な味方ですね」

亮平が弘子の命令で稲垣家を訪問したのは八月十九日、日曜日の昼下がりのことだ。

「稲垣先生が亮平に話があるそうよ。とっても良い話。今度の日曜日の午後にでも津田沼のお宅に伺ったらいいと思う」

「良い話って、話の内容が分かってるんなら教えてよ」

「先生から直接聞くのが筋だと思う。それほど重要で大切な話なの。住所と地図をメモしておいたからね」

「つまり行ったことがある訳だね」

「ええ。ご主人は近くの中学で国語の先生をしてるの。素敵な人よ」

「あんまり気が進まないなぁ。新学期が始まったら学校で話を聞くことにする」

「なに言ってるの。稲垣先生と約束したことなの。たまにはわたしの言うことを聞きなさいよ」

弘子は怒りんぼだった。青筋立てて声高になっている。

「つまり命令っていう訳だ」

「亮平にとって良かれと思っての命令だから、あとで感謝されるんじゃないかな」

稲垣家はすぐに分かった。国鉄津田沼駅から徒歩十二、三分の距離で、旧家を思わせる大きな家だった。

「こんにちは」

亮平が玄関の呼び鈴を鳴らすと、稲垣夫妻が飛び出してきた。

「いらっしゃい。よく来てくれました」

「富子さんは朝からいそいそしてましたよ。かくいうわたしも、同様です。富子さんがいつも自慢している二宮中学のエースに会いたかったんです」

「さあ、どうぞ。奥の部屋で話しましょう」

開け放たれた窓から窓へそよ風が渡り、さわやかだった。

「亮平君、飲み物はなにがいいかしら。カルピスとサイダーがあるけれど」

「カルピスをお願いします。一度だけ飲んだことがありますが、とっても美味しかったです」

奥の部屋は八畳間で、木製の黒いテーブルが置いてあるだけだ。

カルピスとショートケーキがテーブルに並んだ。

「ご挨拶させてもらいますよ。初めまして。稲垣治雄と申します」

「杉田亮平です。よろしくお願いします」

治雄と亮平はともに半袖の開襟シャツ姿だった。亮平のシャツはしわくちゃだが、治雄のはアイロンがかかっていて、しゃきっとしていた。

「弘子さんは、亮平君にどんなふうに話したのかな」

「とっても良い話だし、重要で大切な話だから、直接先生から聞きなさいと言われました」

テーブルを挟んで亮平の前に稲垣先生夫妻が座っていた。三人とも緊張しているせいで、座布団に正座していた。

「治雄さん、あなたから切り出してください」

「それは違うでしょう。わたしは初対面なんです。富子さん、あなたが話すべきです。その前に楽に座りませんか。どうせ長くは保たない……」

治雄があぐらをかいたので、亮平もそれに倣った。富子は横座りだ。

「亮平君、カルピスめしあがれ」

「はい。いただきます」

亮平はガラスのコップを両手でつかみゴクゴクと喉を鳴らしてコップの半分ほど飲んで、「美味しい」と嬉しそうに言った。

「そう。よかったわ。先生もいただこうっと」

富子もコップに手を伸ばした。治雄が続いた。

「カルピスねぇ。ビールを飲みたい気分なんだけど」

「治雄さん」

富子にたしなめられて、治雄は「冗談冗談」と左手を振った。

気取らず、自然な感じがする。亮平は治雄に好感を覚えた。

目もと涼やかで、優しい面立ちだ。生徒からの人気は高いに相違ない。高橋先生ほどとまでは思わないが。

「小岩のお父さんがめぐみ園に見えたんですってね」

「はい。僕と小岩で一緒に暮らしたいと言ってました。めぐみ園よりは増しかも知れません」

「弘子さんは反対なんじゃないかなぁ」

「その通りです。父は福子さんっていう女性と再婚したのですが、福子さんには三人子供がいます。みんな僕より歳下ですが仲良くできるかどうか心配する姉の気持ちも分かります」

「亮平君は福子さんとは顔見知りなのかな」

「はい。その人が屋台に毛が生えた程度の飲み屋を小岩駅の北口前でやっていた時に、何度か父に連れられて行きました。明るい人なので、僕はその人のことが嫌いではありません」

「君のお父さんは明るくて美人のその女性に惚れてしまったんだね」

「あなた」

富子に小突かれて、治雄は下を向いた。

「お父さんが亮平君を引き取りたいと言ってきたからには、福子さんの承認を得ていることは間違いないと思うけど、弘子さんと修二君についてはどう考えているのかしら」

「父は三人一緒でも構わないと言ってました」

「弘子さんは行きたくないでしょうねぇ。わたしが弘子さんの立場だったら、絶対反対って言います」

「亮平君、わたしたちとここで一緒に暮らすことは考えられませんか。富子さんは君のことが大好きだし、わたしもきょう君に会って、富子さんと同じ気持ちになった。君はわたしが嫌いなのかな」

「い、いいえ」

亮平は口ごもった。弘子の言うとっても良い話の意味が分かり、心臓がドキンと音をたてた。頭がくらっとし目眩(めまい)だろうかとさえ思った。

富子の熱い視線を亮平は見返せなかった。

「わたしは、小岩のほうがめぐみ園より苦労するような気がしてならないの。亮平君と一緒に暮らして、まず気持ちをかよわせるのはどうかなと、わたしたちは考えてるの。親権者のお母さんのお許しが出るのは、弘子さんの話で察しがつきました」

「思いがけない話をされて、さぞや亮平君はびっくりしていると思うが、富子さんもわたしも話をしているだけで幸せな気持ちになっている。この何日間、ずっと雲の上を歩いているようなふわふわした気分でねぇ。夢心地とでも言うのかねぇ」

「僕も夢心地です。とっても良い話、ものすごく良い話だと思います。でも僕にとって都合が良すぎるとも思います」

亮平の声がふるえていた。身内のふるえも止まらなかった。

「富子さんが君のことを自慢したくなるのはよく分かった。夢に終ったとしても、我々は幸せだったと思わなければ……」

「亮平君。わたしたちの夢を叶えてくれませんか。治雄さんも、わたしも、あなたを幸福にすると誓います」

「夏休みの間、考えたいと思います。僕独りだけではなく、弟のこととか、両親のこととか、考えるべきことがたくさんあるから」

「亮平君はあれこれ考えず、自分独りだけのことを考えなければいけません。このことは身勝手とは違います。弘子さんも同じ意見でしょう」

治雄の言葉は、亮平の胸に強く響いた。

カルピスを二杯飲んで、ケーキを二つもたいらげて、亮平は稲垣家を辞した。

帰りの道すがら、二人が「治雄さん」「富子さん」と呼び合っていたことを思い返して、亮平は温かい風に包まれているような心地になっていた。

3

亮平がめぐみ園に戻ったのは午後五時過ぎだった。

弘子が待ち構えていた。二人は応接室で向かい合った。

「夕食の手伝いはいいの」

「それどころじゃないでしょ。他の人に頼んだから心配ない。で、どうだったの。稲垣先生の話は」

「とっても良い話だったと思う。だけど、話がうますぎて、ぴんとこないっていうか、夢を見ているような気もする」

「なにを言ってるの。稲垣先生ご夫妻がゆくゆくは亮平を養子にしたいって切望してるだけの、ごく現実的な話じゃないの」

「僕は百枝の時も反対した。その僕が自分だけ良い思いをするのはおかしいだろう。お母ちゃんやお父ちゃんがそれを願っているとは思えないし、修二のことだって考えてあげないと」

「兄弟は他人の始まり。修二は修二で生きてゆくから心配しなさんな。おまえ、百枝のことを言わなくなったけど、もう忘れたんじゃないの。去る者は日々に疎しよ」

「忘れたことはない。お姉ちゃんは薄情なんだよ」

「おまえの良い子ぶりにもほどがある。稲垣先生のことだけど、これ以上の良縁はあり得ない。自分のことだけを考えて決めなさい」

「お父ちゃんを含めて小岩の人たちをお姉ちゃんが憎む気持ちは分かるけど、だからといってすぐに稲垣先生というのもおかしくないかなぁ。稲垣治雄先生も、あれこれ考えず自分のことだけを考えなさいって言ってたけど、そんなに簡単に割り切れることじゃないよ。犬の子や猫の子みたいな訳にはいかない。先生たちから話を聞いた時は天にも昇るような気持ちになったけど、帰ってくる間に、そんなに舞い上がっていいのかと思うように、心が静かになっていた」

「亮平はバカなんだか利口なんだかさっぱり分からない。わたしなら稲垣先生の話に飛びつくけど」

亮平は拳骨(げんこつ)を突き出した。ふんと鼻で笑いもした。

「稲垣先生の話、交代っていうか譲ってもいいよ」

「バカだねぇ。亮平に限っての話に決まってるじゃない。わたしとか修二はまったく関係ないの。それとも分かってて、わたしをからかっているの。憎たらしい子ねぇ」

「なんだと！」

亮平は一瞬顔色を変えたが、すぐに笑った。

「稲垣先生はお姉ちゃんのことも気に入っているのは確かだよ」

「亮平が断れば、この話はそれでおしまい。だけど勿体ないと思わないの」

「まだ中一の僕が独りで決められる問題じゃないだろう。少なくとも高橋先生の意見は聞かなければおかしいよ」

「おまえがこうしたい、稲垣先生にお世話になりたいと決めれば、誰にも反対できないと思う。わたしたちを捨てた父親に発言権はないと思いなさい」

「僕はお父ちゃんを憎む気にはなれない。お父ちゃんは早苗伯母ちゃんとお母ちゃんにふり回されて、悪人にされたけど、僕たちをめぐみ園にぶち込んだ伯母ちゃんは、うまく立ち回って、こすっからい人だと思うよ。ここに放り込んだきり音沙汰なしだもんな。僕をサレジオ学園に連れて行った時から、怪しい人だと思っていた。あんな人に頭を押えられてるお母ちゃんの気が知れないよ」

「お母ちゃんにとって母親代りの人なんだから仕様がないじゃない。早苗伯母さんを悪く言うおまえはどうかしているよ。子連れの女にうつつを抜かした父親を憎むべきでしょ」

「サレジオ学園に連れて行かれた僕の気持ちは分からないだろうな。お父ちゃんは立ち直って、僕たちを引き取れるまでになったんだ。とりあえず、僕だけでも小岩で暮らしてみて、あとで修二やお姉ちゃんを呼ぶ手もあるかもなぁ」

亮平は話していて、ついさっきまで稲垣先生にあれほど傾倒していた自分が不思議でならなかった。

「おまえの気が知れない。小岩の複雑な生活を想像しただけで吐き気を催すわ」

「福子小母さんに対する気持ちは、僕とお姉ちゃんとでは違うと思うよ。あの人、お父ちゃんにたぶらかされた可哀想な人とも言えるよねぇ」

「色仕掛けでたぶらかされたのは父親のほうでしょ」

弘子はきっとした顔で言い放った。

4

夕食後、亮平は折笠先生を訪ねた。

亮平はきょう一日の出来事を夢中で話した。

折笠先生は目を丸くしたり、溜息をついたりしながら、真剣に亮平の話を聞いてくれた。

「稲垣先生のお話は興味深いし、亮ちゃんにとってもすごーく良い話かも知れないけれど、修ちゃんのことを思い遣る気持ちもよく分かるわ。気持ちが揺れると思うし、たしかに簡単に割り切れる話ではないわね」

「父に生活力が戻ったため僕たちを引き取りたいっていうことになったんです。姉は父も義母になる人も大嫌いなようですが、僕はそうでもありません」

「亮ちゃんは誰とでも仲良くできるんじゃないかなぁ。お友達がたくさんいるのは、そういうことだと思うの」

「稲垣先生を取るか父を取るかっていう問題でもあると思いますが、実の父のほうが遠慮しなくていいので、やっぱり父のほうがいいかなって僕は思います」

「先生にはどっちが良いのか分からないけれど、亮ちゃんは弘子ちゃんの気持ちを考えずに、自分の気持ちを押し通すしかないと思う」

亮平は折笠先生が淹れてくれた緑茶にむせかえりそうになった。

「先生はつまり、小岩の父を取りなさいと言ってることになると思いますけど」

「どちらかと言えば、その通りよ」

「ああ、よかった。先生は姉から話を聞いていると思ってました」

「ぜんぜん。初めて聞く話よ。急に出てきた話だから、弘子ちゃんも先生に話す時間がなかったんだと思う」

「夏休みの間に決めたいと思ってますが、今のところは父を取るつもりです」

「それでよろしいんじゃないかなぁ。修ちゃんも一緒に連れて行ってあげたほうがいいと思う。やがては弘子ちゃんの気持ちも変るかも知れないし」

「稲垣先生には手紙を書きます」

折笠先生は吹き出した。

「そんなに急いではいけません。夏休み中に決めるんじゃなかったの」

「ああそうでした」

亮平は肩をすくめて、にこっとした。

「先生は、今夜聞いた話を忘れることにします。亮ちゃんも、あんまり話さないようにすることね」

「はい。分かりました」

しかし、亮平は少しも分かってなかった。その足で高井と園田の部屋へ回ったのだ。園田は外出中で部屋には高井一人だけだった。

「こんばんは」

「よく来てくれたな。生死の境をさまよったにしては、元の亮平じゃないか。本復したんだな。よかったよかった」

「心配してくれたんですか」

「毎日イエス・キリストさまに祈ってたよ。それは冗談だが、亮平の様子は保母さんたちから聞いていた。最中も栗まんじゅうも美味しかったよ。お父さんが来たんだってなぁ」

「はい。高井さんだから相談するんですけど、父は小岩に住んでて仕事もうまく行ってるみたいなんです。僕たちを引き取りたいって言ってきました。それからもう一つ、僕をめぐみ園から引き取ってくれる人の話もあります。学校の先生ですが、子供がいないので、将来は養子にならないかっていう話らしいです」

「亮平はもてもてなんだなぁ。養子の話を詳しくしてみろ」

堰(せき)を切ったように亮平は話し出した。

「悪くない話だが、ちょっと話がうますぎるよなぁ。亮平ほどの生徒だから目を付けたんだろうけど」

「高井さんも、小岩の父のほうが無難だと考えている訳ですね」

「まあそういうことだ」

「じゃあ、高井さんの意見に従います」

「違うだろう。おまえの考えに、俺が賛成したんだよ」

「迷ってました。稲垣先生も、とても素晴らしい先生なんです」

「どっちにしても、亮平はめぐみ園を去って行くのかぁ。寂しくなるなぁ」

「高井さんのご恩は忘れません」

「それを言うのはまだ早いだろう」

「はい。今夜の話は高井さん限りにしてください。僕の気持ちが変ることもあり得るので」

「分かった。そうしよう。園ちゃんにも話さないほうがいいな」

「お願いします」

「うん。亮平が俺だけにこっそり話してくれたことを俺は嬉しく思う」

「高井さんは僕の先生だし味方です。めぐみ園で高井さんとの出会いがあったからこそ、今日の僕があるんです」

「亮平のお陰で、俺も良い思いをたくさんした。めぐみ園を去っても、俺のことを忘れないでくれよ」

「忘れるもんですか。これからもずっと仲良くしてください」

「俺もそう願いたい」

高井は笑顔で亮平の頭を撫でた。

5

八月二十六日は日曜日だった。その日の昼下がりに杉田弘子はめぐみ園の〝奥〟で仕事を命じられていた。独りで片づけ物をしていると、突然、小濱浩に両胸を触られたのだ。

「おまえオッパイもケツも急に大きくなったなぁ」

「なにするんですか。先生方に言いつけますからね」

「バカヤロウ！　ちょっとふざけただけじゃねぇか。おまえら姉弟は生意気だよなぁ」

弘子に睨みつけられた浩は、睨み返しながら捨てぜりふを吐いた。

「せいぜい亮平がぶんなぐられないように注意することだな」

「このことは〝お父さん〟と〝お母さん〟にも伝えます」

「それも許さんぞ。博も英も亮平を褒めていたが、兄貴たちと俺とは立場が違う。母さんに、いちばん可愛(かわい)がられているのは俺さまだ。よく覚えておくことだな。亮平に対する母さんの気持ちも、俺と似たようなものだ。おまえたち、いい気になるんじゃねぇぞ。亮平に話したら、ぶっ殺すからな」

強気で鳴る弘子の顔面が蒼白(そうはく)になった。

弘子は一部始終を保母の松尾道子に話した。

「本当に浩ちゃんには手を焼かされる。〝お父さん〟にそれとなく相談する手かしらねぇ」

「亮平に話したほうがよろしいでしょうか」

「胸を触られたぐらいのことは話していいでしょう。浩ちゃんが亮ちゃんに暴力をふるうことはあり得ないと思う。日頃のふるまいを〝お父さん〟に注意されたようだし、高井さんと園田さんが亮ちゃんの味方だから浩ちゃんは手出し出来っこないと思うよ」

弘子から話を聞いた亮平は、姉の胸がふくらんでいることで内心『なるほどなぁ』と思わぬでもなかった。

「浩ちゃんには注意するに越したことはないからね」

「うん」

「それより、稲垣先生の話を断るなんて、わたしには信じられない。高橋先生も立派だけど、稲垣先生のほうがもっともっと立派で心優しい先生だよ」

「あと一週間ほど考える時間が残っているからね。おそらく気が変るとは思えないけど、まだ気持ちが揺れてることは確かだよ」

亮平は弘子に気を持たせたが、新学期になったら、稲垣先生にどう断るか懸命に思案していた。

「保伯父ちゃんに相談してみようかなぁ」

「それはないよ。保伯父さんがお父ちゃんに愛想を尽かしていることは間違いないのよ。おまえが小岩で暮らすことに賛成する筈がないね」

「さあどうかな。保伯父ちゃんも早苗伯母ちゃんに酷い目に遭ったことを考えると、分かってくれるような気がする。なんだかんだ言っても兄弟なんだし、弟がちょっと躓いただけのことと言えるよな」

「ちょっとどころの騒ぎじゃないでしょ」

弘子と亮平が玄関の近くで言い合いをしている時、池田がやってきた。

「あら、池田健二さんね。弟がいつもお世話になってます。お兄さんはお元気ですか」

「は、はい。元気です」

「ご両親にくれぐれもよろしくお伝えくださいね」

池田はどぎまぎしていた。

弘子の調子の良さに、亮平は不愉快になったが、池田の来園は稲垣先生絡みだろうと察しはついた。

「応接室で話そうか。君がめぐみ園に来たのは二度目だね。僕にボクシングでぶっ倒されて以来だ」

「あの時は外で畑の中だったじぇぇ。めぐみ園の園児たちの部屋がある建物に入ったのはこんどが初めてだよ」

「そうだな。案外きれいだろう。応接室に行こう」

亮平はことさらに弘子を無視して、池田を応接室に導いた。

「あっ！　いけねぇ。忘れるところだった」

池田は椅子に座りかけたが、あわてて応接室から飛び出した。

亮平は呆気に取られて廊下に出ることも出来なかった。

ほどなく戻ってきた池田は緊張しきった様子で、唐草模様の大きな風呂敷包みを抱えていた。

「おっかあが水瓜を持って行けって言ったんだ」

亮平は大きな水瓜だと察しがついた。それも二個だ。

「おまえ、悪い病気だったんだってな。死にそこなったって聞いたじぇぇ」

「誰から聞いたんだ」

「稲垣先生に決まってるじぇぇ。先生は今朝、当直で学校へ行く前に俺ん家に来てくれたんだ。おまえのことを心配してたじぇぇ」

「肺炎っていう厄介な病気だったがペニシリン注射のお陰で、すっかりよくなった。

池田君、僕、元気そうに見えるだろう」

「少し痩せたぐらいだよなぁ」

「僕にしては静かに療養したからなぁ」

「二学期は学校に来られるのか」

「もちろんだよ。池田君家のお風呂とご飯も当てにしてるからな」

「うん。いつでもいいじぇぇ」

二人とも嬉しそうに話した。

「稲垣先生はほかになにか話さなかったか」

めぐみ園には行きたくないって言われた」

「お見舞いに行くように言われただけだじぇぇ。大塚や秋山も誘ったけど、断られた。

池田は首を横に振った。

「ううん。なんにも」

「君も嫌だったのか」

「まあなぁ。先生とおっかあに命令されなければ、やっぱり来たくないよ」

「そうかぁ。市川小学校の友達は、いっぱい来てくれたけどなぁ。下山久彦君と芝崎昇君は僕をクラス会に出席させるために園長の外出許可を取ってくれた。説得してくれたんだ」

亮平は、英和辞典を学校で見せびらかしたくて仕方が無かったのを思い出して、下を向いて苦笑いした。

「俺、家から自転車で来たんだけど、めぐみ園には水瓜畑があるなぁ」

「僕たち園児の口には入らないんだ」

「おまえ、水瓜泥棒したことないのか」

「あるに決まってるよ。去年は四、五回やったな。昼間堂々とやるんだ。そのほうが見つからないからね」

「一人でか」

「まさか。四、五人かなぁ。僕は命令する立場だ。ガキ大将って、そういうものだろう」

「ふーん。杉田もワルガキかぁ」

「兵舎の古い便所の裏で食べたんだ。水瓜の皮は畑の近くに穴を掘って埋めた。ボクシングを教えてくれた高井さんと園田さんを覚えてるか」

「うん。うん」

「彼らは畑の担当なんだが、見て見ぬふりしてくれた節もある。僕と仲良しだから見逃してくれたんだろうな。しかも、水瓜泥棒のことを高井さんたちと話したことは一度もないから、僕自身驚いてるんだ。一度だけ、とうもろこしを盗んで生で食べたこともあるぞ。自分たちで作ったんだから、泥棒じゃないとみんなに言ったんだ」

亮平は思い出し笑いをしながら嬉しそうに続けた。

「去年の夏、めぐみ園に一台しかない自転車を独り占めして乗り回した。講堂目掛けて、おしっこしたこともあるぞ。ワルガキだよ」

「おっかあに話したら、びっくりするじぇぇ」

「話していいよ。特に話してもらいたいのは、園児がいかに空きっ腹か、君のお母さんも、お父さんにも分かってもらいたいからな」

池田は半袖の開襟シャツの袖口を折ったり、伸ばしたりしながら、黙り込んだ。

「池田君、どうしたんだ」

「俺、おっかあに話さないことに決めた。優等生の杉田が水瓜泥棒やとうもろこし泥棒する訳ないって思うべぇ。俺が嘘ついてるって思われるだけだ」

亮平はまんざらでもなさそうに小さく笑った。

「ま、気が向いたら僕が話すよ。確かにめぐみ園では、僕は掃き溜めに鶴みたいなものだからな」

掃き溜めに鶴は、話したほうも意味不明だったから、池田がきょとんとするのも当然だ。

だが、池田は亮平にいっそう親近感を持ってくれたとみえ、向かい合って座っていたのをわざわざ亮平の隣にやってきて、肩を寄せた。

「俺、きょうめぐみ園に来てよかったじぇぇ。杉田が水瓜泥棒やらかした話も聞けたしなぁ」

「一年前の話であることを忘れないでくれよ。中学生になってからは、悪さはしてないからな。むしろ悪さをする園児に対して注意する立場だ。それだけ成長したっていうことだな。君だってワルガキじゃなくなったものなぁ。中学生になって一皮むけたって訳だ」

「やっぱり杉田には敵わない。杉田は凄い奴だ。おっかあや兄ちゃんがいつも感心してるよ」

「君も僕を尊敬してるんじゃないのか」

話しながら亮平は赤面していた。調子に乗り過ぎにも程がある——。

「ああ。尊敬してるじぇぇ」

「無理するなって」

亮平は池田の肩に右手を乗せた。

「こんな大きな水瓜は、めぐみ園の畑では作れない。園児たちで食べるようにする。お母さんにくれぐれもよろしく言ってくれな」

「うんうん。言う言う。おっかあも喜ぶじぇぇ」

池田は心底、嬉しそうに立ち上がって亮平の両肩に両手を乗せた。

そして二人は、ほとんど向き合っていた。亮平は胸が熱くなった。

亮平が「折笠先生に相談するまでもない、相澤先生に直接、水瓜を手渡そう」と考えていた時、ドアにノックの音がした。

折笠先生だった。背後に父、三郎の姿が認められた。

亮平はあわてて、池田を廊下へ連れ出した。

「風呂敷は後で返す。ほんとうにありがとう。恩に着るよ」

池田が玄関で運動靴を履きながら、亮平を見上げた。

「今のお客さん誰なの。杉田に顔が似てたじぇ」

「親戚の人」

亮平は口から出まかせを言った。父親だと言わなかったことを、おかしいとも不思議だとも思わなかった。

「ふぅーん。じゃあ俺帰る」

「いろいろありがとな」

亮平はいつになくゆっくり応接室に戻った。

6

杉田三郎の来園は二度目だが、この日も麻のスーツ姿だった。

「折笠先生、息子たちがお世話になっております。きょうは津田沼に所用がありましたので、立ち寄らせてもらいました」

「先日はお菓子をたくさん頂戴しまして、ありがとうございました」

「恐れ入ります」

亮平が唐突に言った。

「先生、これ水瓜なんです。池田健二君が大きな水瓜を二つも持って来てくれたのです」

「亮ちゃんのお見舞いですね」

「はい。池田君のお母さんは園児たちで食べてくださいって、おっしゃったそうです。後で相澤先生に届けます」

「みんな喜びますね」

折笠雅子が退出したあとで、亮平が三郎を強く見据えた。

「お父ちゃん、津田沼の所用って何のこと」

「それは口実だ。おまえに会いに来たんだよ」

「僕だけなの」

「弘子にも修二にも会いたいが、弘子はお父ちゃんに会いたくないに決まっている。あいつはひねくれ者だしな」

「そうでもないと思うよ。お父ちゃんよりお母ちゃんのほうが好きなだけのことだろう。お姉ちゃんの気持ちも分かるよ。お父ちゃんだって、分からなかったら、おかしいよ」

亮平は弘子を庇った。姉の気持ちは痛いほど分かる。稲垣富子先生の話を持ち出すまでもなかった。父親に話してはならないことも自明である。

「お姉ちゃんは福子小母さんのことを憎んでいると思うよ」

「おまえはどうなんだ」

「以前も訊かれたことがあるけど、好きでも嫌いでもない」

「福子をお母さんと呼んでくれないか」

「嫌だ！　呼べっこない。それだったら僕、小岩には行かないよ」

「めぐみ園の園長のことを〝お母さん〟と呼んでるんじゃないのか」

父は高橋光芳先生から聞いたに相違ないと思いながら、亮平はむっとした顔で応じた。

「そう呼ばなかったら、めぐみ園にいられないんだから、しょうがないじゃないか」

「こんな施設に入れられて、亮平もひねくれてきたなぁ」

「だけど、同じ釜の飯を食う集団生活も悪くないし、僕は級長でクラスで一番だから、みんなに一目置かれてる。小岩へ行くのは止めることに決めた。悪いけど、お父ちゃん、もうここへは来ないでくれないか」

亮平は唇を突き出して、言い放った。

三郎の悲しそうな顔といったらない。

「亮平、とりあえず福子をお母さんと呼ばなくていいから、小岩へ来てくれ。頼む」

父にひれ伏されたのは生れて初めての経験だった。

「お父ちゃんに、ぶんなぐられたことはいっぱいあるのに、なんだか変だよ」

亮平は言い返しながら涙ぐんでいた。

三郎が顔をあげたので、亮平はうつむいた。

「福子は亮平と修二だけでも、小岩で引き取りたいと願ってるんだ。弘子がその気なら結構なことだともな」

「お姉ちゃんが小岩へ行くことはあり得ないと断言する。僕を小岩へ行かせないように、色々企んでいるしれねぇ。僕もどうしていいか分からなくって困ってるんだ」

ちょっと違うな。いや相当違う。またしても亮平の気持ちが揺れに揺れていることは確かだった。

「亮平、おまえ、めぐみ園の暮らしが本当に良いのか。ひもじい思いをしてるんじゃないのか。肺炎になったのは、無理に無理を重ねた結果ではないのかね」

「肺炎になったのは風邪を引いている時に無理して映画を観に行ったからだよ。めぐみ園の先生たちのお陰で生き返ったし、僕は友達がいっぱいいる。さっき大きな水瓜を二個も持って来てくれた池田君もその一人だよ。僕は、めぐみ園の生活にも慣れたし、小岩に行かなくても平気なんだ。これからは、なるべく修二の面倒も見るようにするから、お父ちゃんは心配しなくて……」

三郎が亮平の話を遮った。

「便所掃除をさせられたり、畑仕事をさせられたり、汚穢屋までやらされて、おまえが大変苦労していることは先刻承知している。こないだも話したが、こんな酷い施設におまえたちをぶち込んだ横内早苗と百子をお父ちゃんは絶対に許さんからな」

亮平はうつむいたまま言い募った。

「その気持ちは僕も同じだけど、元はと言えばお父ちゃんがいちばん悪いんだ。だいたい最初に保伯父ちゃんを騙したのはお父ちゃんじゃないか。身勝手な親を持った子供たちが可哀想だよ。僕はめぐみ園の生活に馴染んでいるから、小岩へは行かないことに今決めたからね。めぐみ園には折笠先生や相澤先生、高井さんや園田さんっていう畑仕事の先生たち、良い人たちが大勢いるから、お父ちゃんは、ここへもう来なくていよ」

「亮平にこんなに嫌われているとはなぁ。泣けてくるよ」

三郎は苦笑しながら続けた。

「おまえと修二への手土産だ。シャツや下着や靴下を持ってきた。弘子は大きさが分からないので、なんにもない。風呂敷包みのまま置いていくぞ。きょうのところはこのまま帰るとしよう」

亮平は依怙地になっていた。三郎の「さようなら」に返事もしなかった。

三分ほどうなだれていたが、ノックの音が聞こえた。

「お兄ちゃん」

修二だった。

「お父ちゃんはどうしたの」

「今、帰った。風呂敷包みに、おまえへの土産も入ってる。自分の段ボールに仕舞え。あとで折笠先生に話しておく」

修二が紫色の風呂敷包みを開いた。

「あっ！　本もあるよ」

亮平は本を手にした。

「無着成恭『山びこ学校』だ」

「……」

「〝雪がコンコン降る。人間はその下で暮しているのです〟ふうーん。なるほどなぁ。山形の雪国の中学生たちの作文集ねぇ。修二には難しいから、僕が読んだあとで園田さんに貸してあげよう」

「お姉ちゃんには」

「どうでもいいよ。いま、どこにいるんだ」

「探したけど分からなかった」

「あいつは、お父ちゃんに会いたくないんだよ」

「僕はお父ちゃんと会いたかった」

「仕様が無いだろう。ゆきがかりで、僕が追い返しちゃったんだから。小岩へ行くかどうか迷ってるんだが、修二はどう思ってるんだ」

「僕は行きたい」

「まあなぁ。おまえはそうだろうな。めぐみ園よりは増しだろうしなぁ。ただなぁ、お父ちゃんに、もう来ないでくれとまで言っちゃった手前、ちょっと引っ込みがつかないよ」

「だから、ゆきがかりだって言ったじゃないか」

亮平の大きな声に、修二はべそをかいた。

「僕、よく分からない」

「おまえは頭の血の巡りが悪いからなぁ。まだどうなるか分からんが、いま決めなければならないことでもないし、めぐみ園で頑張る手もあるからな」

「そんなのおかしいよぅ」

折笠先生が緑茶を運んできた。

「遅くなってごめんなさい。頼まれごとがあって。あら、お父さんはどうされたの」

「もう帰りました。先生、ちょっと外出していいですか」

「どこへ行くの」

「学校です。稲垣先生が当直で、まだ学校にいると思うので話してきます」

「じゃあ、なるべく早く帰ってらっしゃい」

「はい。そうします」

「どうしてなのぅ」

7

亮平は二宮中学校まで急ぎ足で歩き、すぐに職員室に向った。

稲垣先生は亮平の顔を見るなり、笑顔で近づいてきた。

「先生、いつぞやはありがとうございました。それから池田君が大きな水瓜を二個も持ってお見舞いにきてくれました。先生とお母さんの命令だと言って」

「命令なんかしてません。でも、杉田君に会えて嬉しいわ」

「先生、目黒の伯父と電話で話したいのですが、電話を使ってよろしいでしょうか。おカネは持ってません」

「電話料金は先生が払いますから心配しないで」

この時代、遠方に電話を掛けるのは、非常に大変だった。電話局の交換手を呼び出して、相手方の電話番号を告げるのだ。

電話が繋（つな）がるまで相当待たされたが、保伯父は、亮平が心配していた往診中ではなかった。

「亮平です。今、二宮中学の職員室から電話を掛けています。今日小岩に住んでいる父がめぐみ園に来ました。小岩で一緒に暮らしたいと言って来たのです。両親が伯父さんに大変なご迷惑をかけたことは知っていますが、いま現在は映画館のプログラム制作の仕事が順調に行っているということでした。父は伯父さんに連絡しているのでしょうか」

「音信不通だ。おまえには悪いが、去年市川で会った時に絶交することに決めた。おまえたちのことは心配しているが、元気でやっているのか」

「僕は先月急性肺炎に罹(かか)りましたが、ペニシリンのお陰で治りました」

「何？　肺炎……。一度、目黒に来たらいいな。施設の生活は大変なのか」

「いいえ。すっかり慣れました。伯父さんは僕たちが小岩へ行くことに賛成してくれますか」

「おまえの母親はどう考えてるのかね」

「仕方が無いと思っているようです」

「児童養護施設と比べれば、そうだろうな」

「でも、僕はきょう父に小岩へは行かないと言い切ってしまいました」

「どうしてなんだ」

「父が伯父さんに少しでもおカネを返していればいいのにとも思ったのですが、それ以上に、姉が小岩へ行くことに反対しています」

「ふうーん。弘子の気持ちは分からぬでもない。どっちにしても一度、伯父さんが診察しよう。なるべく早いほうがいいな」

「でも、もう治ったんです」

「それでも一度来なさい。いいな。じゃあ」

電話が切れた。

稲垣先生はずっと、亮平と杉田保の電話を耳を澄まして聞いていた。

稲垣富子は電話料金を確認してから、亮平を椅子に座らせた。

「伯父さんって、お医者さまの方ね」

「はい。優秀で立派な医師で、日本で一番の時代もあったのではないかと思います」

「弘子さんから聞いています」

「僕を診察したいと言ってました」

「それは良いことでしょう。念には念を入れないとねぇ」

稲垣先生は思案顔で、しばし沈黙した。

「杉田君は、お父さんに小岩へ行かないと話したっていうことは、わたしたちの希(ねが)いを叶えてくれる可能性があるということになるのかなぁ」

「まだ迷っています。先生たちに迷惑をかけるのは辛いです」

「先日、杉田君が我が家に来てくれたあとで主人がしんみりと言ってました。夢物語で終ってもいいじゃないかって。先生はまだ諦めてませんよ」

「弟の修二のことも心配です」

「弘子さんは、修二君は小岩のお父さんが引き取るので心配する必要はないと話してましたよ」

「そうかも知れません。きょう父と言い合いになったのは、小岩へ来たら、福子さんっていう人をお母さんと呼んでくれと言われたからです。そんなの無理です」

「お父さんの後妻さんで、子供が三人もいるのでしたね」

「実は、三人とも会って話したこともあるのです。二番目は修二と同い年で、やんちゃな感じですが、長男は僕より一年下、長女の三番目は心の優しい良い子です。僕より七つ下です。仲良くやってゆけるような気がしています」

「杉田君なら誰とも仲良しになれるかも知れないわね。でも、一緒に暮らしてみないことには分からない。なにが起こるか見当もつかないんじゃないかしら。弘子さんは、亮平君といえども、絶対に失望するという意見でしたよ」

「姉は独り善がりが過ぎるんです。自分自身の考えを押しつけているだけのことです」

「なんだか、先生の話は断わられているみたいに聞こえる」

稲垣先生は笑顔だったが、亮平は顔をしかめた。

「迷いに迷っています。僕、先生も治雄先生も大好きですから」

「伯父さまに相談して、意見を聞いてくれると嬉しいなぁ」

『なるほど』と亮平は思った。保伯父は三郎とは絶交、絶縁状態だが、亮平たちの行く末については心配してくれている。保伯父が稲垣先生に味方する可能性は大いにあり得る。

「はい。夏休み中に伯父に会うように考えます」

「なんだか胸がワクワクしてきたわ」

「僕もそうです」

亮平は稲垣先生と別れたあと、〝望の部屋〟で、『山びこ学校』を一気読みした。そして、夕食前に畑仕事中の高井と立ち話をした。

「つまり、おまえはまだ迷っている訳だな。俺は小岩へ行くことを勧める」

「父にめぐみ園に来ないでくれと言っちゃいました」

「そのうちやって来るから安心しろ」

「えっ！　本当に……」

「そんなもんだよ。俺の親父だって、いまだになんだかんだ色々言ってくる」

「たとえば、どんなことですか」

「めぐみ園での修業はもう終りにしろとか、嫁をどうするんだとか、手紙でな。しかも亮平の親父は、おまえに相当借りがあるから、下手に出ざるを得ない立場だ。おまえが悩んだり、迷うのも分かる。この話はこれでストップ。夕食後、別の話をしよう。待ってるぞ」

「はい。ありがとうございます。園田さんとも話したいです」

亮平は『山びこ学校』を持ってくるのを忘れたことに気付いたのだ。

亮平が高井と園田の部屋を訪ねたのは午後七時過ぎだが、二人は水瓜を食べていた。

「亮平のお陰で水瓜まで食べられるとは思わなかったよ。井戸水で冷やしているので美味しいし、でかい水瓜だなぁ」

「英語ではウォーターメロンっていいます」

「ちゃんと辞書を活用しているんだね」

「なるほど」

高井と園田は顔を見合せて頷きあった。

「水瓜は池田君っていう二宮中の友達が持って来てくれたんです」

「おまえが六年生の時、ボクシングでやっつけた子だな。風呂に入れてもらったり、飯食わせてもらってるんだったな」

「はい。僕の子分ですけど、めぐみ園に来るのは気が重いみたいです」

「それでも来てくれた。水瓜を持って病気見舞いにな」

「高井さん、水瓜は〝奥〟には届かなかったと思います」

「そうはいかない。四分の一、一個の半分は〝奥〟に差し出されたと言うか、むしり取られたって言うか」

「それでも、ほんの一切れでも食べられたのですから、文句は言えませんよ」

「園ちゃんの言う通りだが、見ろ、亮平はもう膨れっ面してるぞ」

「してません。松尾先生や相澤先生が〝奥〟に気を遣うのは仕様が無いと思います」

「それにしても、博さんは東京に帰ったのに、たった三人で半分も食べますかねぇ」

「〝奥〟に来客があったんだ。町長だかなんだか知らないが、内科・小児科の開業医なんだ。自家用車で〝奥〟へ来るのがいるんだよ。園長は秋の町会議員選挙に立候補する算段で、動いているんじゃないのかな」

「凄い話ですねぇ。高井さんの情報力は半端じゃありませんよ」

「邪推じゃない自信はある」

「情報源は言えませんよねぇ」

高井は右手の人差し指を口に当ててから、聞き耳を立てている亮平に目配せした。

「どうせほどなく分かることだが、まだ水面下の話だからな。役場に友達がいるんだ。間違いない。小濱守見子は必ず立候補すると俺は読んだ。戸籍上の名前は守見子じゃなくて首見子というらしい。つまり守ではなく首なんだ。ゆくゆくは〝小濱首見子町会議員〟っていうことになる訳だな」

「〝首〟より〝守〟のほうが恰好がいいとでも考えたのですかねぇ」

「どっちにしても、町会議員になりたくてなりたくてしょうがない園長は、相当な根性の持ち主であるとは言えるよな」

「町長まで呼びつけられますかねぇ」

「キャンディーやら、ハム・ソーセージやらめったに食えないキャンプの放出物資は、誰でも欲しがるんじゃないのか」

「はい。自分もそう思います」

「町会議員報酬だってバカにならんし、めぐみ園の園長として箔(はく)づけになるしなぁ」

「そのうち県会議員なんて言い出すんじゃないですか」

高井も笑いながら返した。

「そこまではないだろう。ただし、いや言うまでもなく園長が底知れない野心家であることは間違いないな」

「おっしゃる通りただの児童養護施設の園長じゃないことは、すでに実績が示していますよ。女のくせにもの凄い上昇志向ですねぇ」

「俺は少なからず嫌気が差している。欲の深い婆(ばあ)さんだ。虫酸(むしず)が走るって言いたいくらいだよ」

亮平は胸がざわざわした。おしっこをもらしそうになり、あわてて「おやすみなさい」と言って、部屋から出るなり便所へ向かって走った。

亮平は放尿しながら、「小濱首見子町会議員かぁ。すげえすげえ」と独りごちた。

第七章　我が師の恩

1

杉田三郎が二度目にめぐみ園に来た日の深夜、亮平は異常、異様な体験に悩まされた。他人の手に下腹部をまさぐられ、おちんちんを摑まれたのだ。

小学六年生の時には仰臥できていた上段のベッドは、中学生になって身長が伸びてきた亮平には窮屈になっていた。ちぢこまって横向きに眠ることが多かった。長方形の箱のように木で枠を囲った狭いベッドだ。

懐中電灯の灯の輪をぼんやりととらえた時に頭の中がはっきりしてきた。

「〝お母さん〟なんですか」

「起こしちゃって、ごめんよ。亮平は病み上がりだし、寝相が悪いから、様子を見にきたの」

「おちんちんを触りましたか」

「そんなことはしてない。おまえ寝呆けてるんじゃないの」

ひそめた声だが、顔は険しかった。〝お母さん〟はきらきらした黄色のパジャマ姿だった。

「おやすみ」

「おやすみなさい」

亮平が深い眠りに就くまで二、三分とはかからなかった。

亮平は翌朝、深夜の出来事の時刻が気になってならなかった。午後九時過ぎの寝入り端はあり得ない。まだ、寝付いていない園児もいる。十時頃か、十一時に近かったかも知れない。いずれにしても昨夜だと思われた。

亮平は異常、異様な体験を仲間に明かすべきか沈黙しているべきか思案した。後者は無い！

亮平は礼拝後、講堂の隅で定岡の背中に手を触れた。そして、小声で訊いた。

「信夫ちゃんは〝お母さん〟に、おちんちんを触られたことあるの？」

定岡は眼をしばたたかせた。

「えっ？　なにかあったのか」

「あった。夕べ、消灯後かなり経っていたと思うけど、おちんちんを掴まれたんだ」

「〝お母さん〟にか？」

「うん。信夫ちゃんも体験してるんじゃないかと思ったんだけど」

「俺はそんな変なことされた覚えはないけどなぁ」

「だとしたら、僕だけ狙われたことになるねぇ。それとも信夫ちゃんは熟睡してて、気付かなかったかも知れないねぇ。きつい畑作業があって、くたくたに疲れていたら眼が覚めないことはあり得るよ。〝お母さん〟もそんなにしつこくはやらなかったような気がする」

「ちんぽこ握られたら、いくらなんでも眼が覚めると思うけどなぁ。亮平は俺より背が高いから、もう毛が生えてるんじゃないのか」

　亮平は講堂が二人きりだったので、素早くおちんちんを引っ張り出した。

「ほら、見てみて。まだ生えてないだろう。信夫ちゃんも見せてよ」

「生えてるから恥ずかしいよ」

　定岡は両手で半ズボンの上から急所を押さえつけた。

　男子の小水用の便所は、旧兵舎なので五、六人は並んで放尿できる。亮平は、定岡が最近こそこそしだした理由が理解できて、にやっとした。

「〝お母さん〟は亮平のことが気になってならないんじゃないのかなぁ。めぐみ園の誇りだものな」

「違う違う。ただの意地悪か、それとも〝お母さん〟って変態なのかも知れないね」

亮平は妙な出来事を高井にも話した。

「心配するな。おまえは目立つから、俺が園長でも確かめたくなるかも知れない。いや、言い過ぎた。あの婆さんなら、あり得ると思ったまでだ。ただなあ、つまらんことで悩んだりするなよ。それと、誰にも話すな」

「もう信夫ちゃんに話しちゃいました。悩んだ訳ではありません。怒っているんです」

「分かったが、口止めしておけ。定岡は口が重いほうだから話が広がることは無いと思うが、園長の手の込んだ仕返しも考えておかんとな」

「分かりました」

亮平は二学期の初めに、二宮中学の弁論大会が催されることを承知していたので、稲垣先生に『中学生のエチケットを考える』のテーマで出場したいと申し出た。

原稿は既に書いていた。趣旨はこうだ。

中学生になったら、一年生は一年生なりに礼儀をわきまえるべきは当然です。上級生に対して、言葉遣いは丁寧でなければなりません。また、中学生は思春期でもありますから、異性に関心を持ちがちですが、それを表に出したりしてはならないと思います。

中学生の誰もが持つ悩みは、ひそやかなもの、自分自身でひっそり悩み、考えるべきもので、たとえば異性の胸に手を触れたりすることはあってはならないことです。クラブ活動などを通じて下級生は上級生を尊敬し、そして学び、上級生は下級生を優しくいたわることが求められるのではないでしょうか。

ただし、迷いや悩みを親しい友達と相談するのは許されるどころか、あって当然ではないかと思います。僕たちが中学生としてのエチケットを考えるのは、正しい在り方だと思うのです。

稲垣先生は亮平が悪筆ながら一生懸命に書いた原稿を読んで、息を呑んだ。

「亮ちゃん素晴らしい。お見事です」

亮平が稲垣先生から「亮ちゃん」と呼ばれたのはごく少ないが、さほど違和感を覚えなかった。

「お姉さんに相談したのかな」

「一人で書きました」

「これを書いた動機は何かあるんでしょう?」

「はい。でも言えません。弁論大会が終ったら、〝お母さん〟には原稿を見せるかも知れません」

「〝お母さん〟が小濱園長のことなのは分かりますが、〝お母さん〟との間になにかあったのかしら」

亮平は稲垣先生に顔を覗(のぞ)き込まれ、先生はさすがだと思いながらも、眉(まゆ)をひそめただけだった。

「先生は、小濱園長に不信感を持っています。みんなに〝お母さん〟と呼ばせるのなら、授業参観日に教室に顔を出すべきです。それどころか学校に挨拶(あいさつ)にすら来ません。二宮中学校にはめぐみ園の生徒が何人もいるのですよ。あの人に〝お母さん〟の資格はありません。先生はあの人が嫌いです」

「僕も大嫌いです」

「亮ちゃんに限って、先生は〝お母さん〟の資格があると思っているのですが、自惚(うぬぼ)

れてるのかなぁ。どうなのかしらねぇ」

亮平の笑顔が消えた。辛いような、切ないような、何とも言えない複雑な気持ちになったからだ。

めぐみ園を一日も早く、一刻も早く〝卒業〟したい。この気持ちは明瞭至極だ。亮平の気持ちは小岩に住む父の三郎に傾斜していた。だが、ゆきがかりで三郎に対して悪態をついた。三郎の心を傷つけたことは火を見るより明らかだ。高井は「心配するな」と言ってくれたが、九月五日現在、音沙汰無しである。小岩行きについては諦めて然るべきかも知れない。

ただ、杉田福子に限らず、稲垣富子を〝お母さん〟、稲垣治雄を〝お父さん〟なんて呼べっこないと亮平は思う。だが、津田沼の稲垣家のほうがめぐみ園よりも遥かに快適なことは確かだ。亮平はここまで考えて、話題を戻した。

「めぐみ園の講堂で誰もいない時に、練習してみたのですが、五分もかかりませんでした。少し短いと思います」

「そんなことはありません。弁論大会では、ゆっくり、ゆったり話しなさい。誰がいいかなぁ。そうねぇ池田君の顔を見ながら語りかけるように話すのがよろしい」

「池田健二君ですか。僕は桜井勉君のほうが良いと思います。桜井君は勉強はできるのに、ワルガキでいじめっ子です」

「なるほど。ボス的な存在ですからね。亮ちゃんは桜井君にいじめられたことあるのかな」

「ありません。僕には向かってきません」

「亮ちゃんは級長だから桜井君も一目も二目も置いてるのね」

桜井の腕っぷしの強さは池田どころでは無い。つかみあいになったら、ひとたまりも無いだろう。ボクシングならどうだろうか。亮平はそんなことを考えていた。

「ところで、亮ちゃんのことだから『中学生のエチケットを考える』は全部頭の中に入ってるのでしょう?」

「はい。丸暗記しています」

「意味がちょっと違います」

「は、はい。自分自身で書いた文章です」

「だったら、原稿を見ないで話せるでしょ」

「はい」

「桜井君だけにしないで、池田君にも語りかけるようにスピーチしたらいいでしょう。時々会場を見回すのも良いかもねぇ」

「分かりました。そうします。ゆっくり話せば十分ぐらいかかるかも知れません。原稿も、もう少し長くするように考えます」

「それと〝僕たち〟は〝わたくしたち〟に変えたらどうかしら」

「はい。分かりました」

腰を浮かせた亮平の頭を稲垣先生が押さえつけた。

「まだ終ってません」

「えっ？」

「〝お母さん〟に原稿を見せる必要はありませんよ」

「どうしてですか」

「弁論大会のことはめぐみ園の生徒たちから必ず伝わります。話題になるに決まってるので、亮ちゃんは静かにしていれば、それでよろしい」

亮平は「はい」と素直な返事をした。稲垣先生は素晴らしい先生だ。そして、この先生と一緒に暮らしたら幸せになれるかも知れないとの思いが払拭されていないことにも気付いていた。

弁論大会で杉田亮平は三位に入賞した。しかも一年生で出場したのは亮平一人だけだった。

翌日の朝食時に〝お母さん〟が食堂に現れたので、保母、園児たちは度胆を抜かれた。亮平にとっても初めての経験だ。

亮平は飯が喉を通らないほど緊張した。

「杉田亮平が二宮中学校の弁論大会で一席ぶったそうです。〝中学生のエ、ケ、チ、ッ、ト〟、エケチットとは笑わせますが、亮平の行儀がいいかどうか、〝お母さん〟は知りません。みんなで見守ってあげましょう。アッハッハハ……。さあ、朝御飯を食べなさい」

〝お母さん〟は笑いながら話したが、亮平には一瞥もくれなかった。

『稲垣先生が言った通りだ。こんな嫌味な婆さんが〝お母さん〟なんて笑わせるな』

亮平はふくれっ面だったが、〝お母さん〟が退出したあとで、折笠先生が「亮ちゃん、おめでとう。めぐみ園のために頑張ってくれたのだと先生は思います。嬉しいです」と言って拍手してくれた。園児たちも続いた。

時ならぬ拍手は先刻、朝の礼拝でもあった。

讃美歌を合唱したあとで、〝お父さん〟が「亮平が弁論大会で三位に入賞したことは褒めてあげよう。病み上がりなのによく頑張ったな。拍手しよう」と言ってくれた時である。

　朝食後、弘子が急いで亮平に近づいてきた。

「〝お母さん〟がわざわざ食堂にやって来て、エケチットと二度も言ったのはなんだか変だねぇ。あんな嫌な顔を見たのは初めてかも」

「わざと繰り返して僕をからかってるか、弁論大会に出場したことが面白くないんだろう。〝お父さん〟とはまったく逆だな」

「おまえと〝お母さん〟との間になにかあったと思うけど」

「さあ、どうなのかな」

「思い当たることがあるんだ」

　亮平は含み笑いをしているだけで、返事をしなかった。とにかく溜飲が下がったことだけは確かだ。

「〝奥〟の女中さんは何か言われたのか」

「別に。浩ちゃんがわたしにしでかした悪さを〝お母さん〟に話せる訳ないよ」

「つまり女中のクビが繋がったということだね」

「それより、小岩へ行くのは諦めたほうがいいね。新学期になったのになにも言ってこないのは、初めから、そんなつもりはなかったからかも。稲垣先生の話、断らなくてよかったじゃない」

亮平はこれまた返事をせずに、食堂を後にした。

2

高橋光芳がめぐみ園に来園したのは、九月九日の午後三時過ぎのことだ。高橋先生は紺地のスーツ姿で、ネクタイも付けていた。

亮平は畑作業の最中だったが、折笠先生が呼びに来てくれた。

「手と足をきれいに洗って、〝望の部屋〟でシャツを着替えてから応接室へ行きなさい。高橋先生が待っています」

「高橋先生一人だけですか」

「はい。五月の時のようにお友達はいません。大事なお話があるそうよ」

「折笠先生は、高橋先生となにか話をしたのですか」

「いいえ。あとで亮ちゃんから聞かせてもらいます」

「分かりました」

亮平は、シャツを着替えながら、小岩絡(がら)みの話に相違ないと思った。

「こんにちは。先生、五月五日の来園とクラス会は本当に嬉しかったです。大変お世話になり、ありがとうございました」

「そのあとで色々なことがあったらしいなぁ。しかし、元気になってよかった。杉田が肺炎で生死の境をさまよったなんて、夢にも思わなかった。芝崎がペニシリン注射のお陰で奇蹟的に一命を取り止めたと話してくれたが、とてもそんな風には見えない。元気な杉田亮平に会えて、こんなに嬉しいことはないぞ。良かった良かった」

「先生は最近父に会ってくれたのですか」

「うん。ずいぶん前にお会いしたが、その時は辛そうだった。杉田は、小岩へ行くのを拒んだらしいが、その考えは間違っている。義理のお母さんの福子さんを、無理にお母さんと呼ぶ必要はないとまで言ったとお父さんは話していたが、連れ子さんたちは三郎さんを〝お父さん〟と呼んでるそうだ。君も修二君もやがてはお母さんと呼べるようになるかもしれないぞ。自然体でいたらいいんだ。取り越し苦労して今からあれこれ心配することでもないだろう」

高橋先生はゆるめた表情をすぐに引き締めた。

「杉田、小岩へ行くべきだ。早ければ早いほどいいと思う。京成電車で小岩駅から二つ目の国府台駅で降りて徒歩約十五分かねぇ。往復一時間要することになるが、市川一中に通学したまえ」

「修二はどうするんですか」

「きみの母校でもある市川小学校が良いだろう。わたしは三年三組の担任教師だから、三学期から三組で引き取るよ。卒業するまで担任教師は、このわたしだから、安心しろ」

「そんなことが出来るのですか」

「児童相談所とも、教育委員会とも話は付いている。おまえと修二君の名目上の住所になる寄留先は宮本家にしてもらった」

宮本雅夫は市川小学校のクラスメートだった。父親の名は一雄(かずお)、母親はてつ。てつはＰＴＡの世話やきで聞こえていた。

「すごーい。先生独りでなにもかも……」

亮平は俯(うつむ)いて、掠(かす)れ声を押し出した。涙がこぼれそうになるのを懸命に堪(こら)えた。

高橋先生は身を乗り出して亮平の頭に右手を乗せた。

「先生は今まで杉田をかまってやれなかったからなぁ。これくらいのことは当然すべきことだ。大したことじゃ無い」

高橋先生は腰を下ろして、ネクタイをゆるめた。

「クラス会を開けたのも杉田のお陰だ。下山と芝崎が頑張ったからなぁ。わたしは教え子に恵まれた。お陰さまで幸せな教員生活を送っている。杉田にとって、めぐみ園での生活は必ず人生の糧（かて）になるぞ。だからこそ市川一中で、たくさん学んでくれないとなぁ」

「はい。先生に恩返しする為（ため）には勉強するしかありません」

「恩返しかぁ。うーん。良い言葉だなぁ。杉田は世の為、人の為に、もっと言えばお国の為に頑張るに相違無い」

亮平の顔も声も明るくなっていた。

「先生、そんなの無理です。高橋先生と友達に恩返ししたいだけのことです」

「そうかぁ。自分以外の人に対して、いつも優しさを持つことを忘れないで欲しい。友達も然り、兄弟も然りだ」

「姉は小岩には行かないと思います」

「弘子さんはお母さんと一緒に暮すのが良いかもなぁ。お母さんは竹田宮家を辞めて家政婦業をしているが、弘子さんを引き取るつもりがあるようなことを話してたなぁ」

「姉は父を恨んでいるので、小岩で生活するのは難しいと思います」

「分かるよ」

高橋先生はぽつっと言って、湯呑み茶碗に手を伸ばした。

折笠先生が淹れてくれた緑茶に気付いてなかった亮平も、音をたてて一気飲みした。

「そうそう。大切な話があるんだ。きょうは日曜日だが、今週の土曜日にお父さんがめぐみ園に来ることになっている。市川市の児童相談所の所長と一緒にだ。何故なのか分かるか」

「はい。分かります。父は母と離婚した時に親権者になれなかったからです」

「その通りだ。めぐみ園に来るのは三度目になるんじゃないか」

「はい」

「繰り返すが小岩へ行くのは早ければ早いほど良いな。中一の三学期から市川一中へ通学することにしたらどうだろうか。もちろんお父さんも了解している。来年のお正月は小岩で迎えることになるね」

亮平は頭を下げながら、凄いことになったと思った。めぐみ園の生活は残り四か月足らずしかない。忙しいことになる。色んな人々の顔が眼に浮かんだ。わけても稲垣富子先生の温顔は色濃く映った。

ノックの音がした。弘子と修二だった。

「こんにちは。折笠先生に高橋先生に会うよう命じられました」

弘子は気色ばんで、嫌味な挨拶だった。

高橋はにこやかに修二に訊いた。

「修二君も命じられた口かな」

修二は嬉しそうに「はい」と答えた。

「わたしは小岩へ行く気はありません。亮平はバカです。稲垣先生との良縁を断わるなんて、わたしには信じられません」

高橋は何か言い返そうとした亮平を手で制した。

「要は亮平君の気持ちの問題でしょう。弘子さんの気持ちはよく分かるが、ご両親共に亮平君、修二君の将来を考えて、同意、合意したことを忘れないでもらいたい」

「母と父が直接話し合ったのですか」

高橋は頭を左右に振った。

「わたしがご両親に確認した。稲垣先生にはきちっとご挨拶したいと思っている。転校の手続きの問題もあるので……」

ごく最近も下山久彦と芝崎昇がめぐみ園に来てくれた。亮平は稲垣先生の話を二人にしていた。高橋先生に伝えてくれと言わんばかりに詳しく説明したのである。

「お父さんと福子さんが切望している。弘子さんも一緒にどうだろうか」

「あり得ません。土曜日に父が来るそうですが、わたしは会いません」

「鈴木章さんという市川市の児童相談所の所長には会わない訳にはいかないと思うが。立場上、三人の気持ちを確認する為にわざわざ足を運んで来るのだからねぇ」

弘子は返事をせず、「失礼します」とぶっきらぼうに言って退出した。

亮平は起立した。修二もそれにならった。

「先生、ご免なさい。失礼しました。姉はわがままで身勝手なんです」

「ま、座れよ」

「はい」

「はい」

「何度も言うが弘子さんの気持ちも分かるよ。福子さんとの距離感は杉田や修二君とは違うぞ」

亮平が唐突に修二に言った。

「修二、おまえツイてるぞ。三学期から高橋先生のクラスへ入れてもらえるんだって。六年生までだぞ。市川小学校へ通うことになる訳だ。国鉄小岩駅から市川駅まで一駅だし、市川小学校は駅から近い。おまえ、本当にツイてるな。ツキ過ぎだ。高橋先生に鍛えられれば、ぼんくらな修二でも、少しは利口になるに相違ない」

「杉田は相変らず口が達者だな。先生に気を遣ってくれてることもよーく分かる」

「はい。そうです」

亮平は高橋先生に分かってもらえて嬉しくてならなかった。

3

杉田弘子は十五日の部活終了後、音楽教室で稲垣富子と約二時間も話し合った。児童相談所の鈴木所長の面接を拒否しようと決めていたからだ。

話の途中で稲垣先生が時計に眼を落とした。

「あら。もう四時を過ぎたわ」

立ち上がった稲垣先生を、弘子が見上げた。

「先生、もう少しお願いします。児童相談所の所長の面接に応じたくないんです。もちろん父にも会いたくありません」

「じゃあ、あと三十分」

「亮平はなにも分かっていません。亮平の気持ちを変えさせられると、わたしはまだ信じています」

稲垣先生は首を振った。

「亮ちゃんと今週二度も話して、決着したことです。『先生は良い夢を見させてもらいました』って話したら、『僕も夢心地でした』と言ってくれたの。それだけでもう充分です。わたしは高橋光芳先生のパワーに圧倒されました」

「先生、お願いですから、まだ諦めないでください。来週の土日にめぐみ園のコーラス部が、大貫海岸の近くにある児童養護福祉施設を慰問することになっています。亮平に手紙を書いてください。亮平は心のこもった先生の手紙に胸を打たれると思うのです。あの子は手紙に限らず文章に反応しやすい性格なんです」

稲垣先生は思案顔で、右手で髪を撫でた。

「亮ちゃんから返事をもらえるだけでも幸せと思わなければねぇ。主人と二人で文章を考えましょう。手紙はあなたが運んでくれるのね」

「はい。来週土曜日の夜、亮平に手渡します。『心して読みなさい』って言います」

「弘子さんは亮ちゃんがよっぽど好きなんだ。自慢の弟なのね」

弘子はあいまいに頷いたあとで、「ええ、まあ」と呟くように言った。

弘子は母親には寛大だったが、父親を嫌悪していた。亮平と修二を小岩へ行かせたくない一心だった。

稲垣先生にすがりつく思いで、〝手紙〟を捻り出したのだ。

「一番下の妹の百枝が養子で貰われた時に、亮平は怒りました。そのことがどんな意味を持っているのか、亮平には分からないのです」

「……」

「百枝がめぐみ園からいなくなった日に、わたしは忘れることにしました。そのほうが百枝の為になると分かっていたからです。と言うよりも忘れることが百枝の養子縁組の条件なのです。亮平はその点を分かろうとしないのです」

「それはいつのこと？　妹さんの年齢は？」

「去年の十月六日です。百枝は三歳三か月でした」

「そうだったの。やがて一年になるのねぇ。弘子さんと亮ちゃんの年齢差もあるけれど、あなたは気丈で、亮ちゃんは心優しいとも言えますよ」

弘子の顔がこわばったが、すぐに笑顔をつくったのはさすがだった。

「一家離散とか兄弟、姉妹がバラバラになるなどと言って、亮平は泣いて怒りましたが、やがてはそうなるんです。兄弟は他人の始まりだとも言いますよねぇ」

「妹さんは幸せになったと思いますか」

「思います。事実、立派な里親に恵まれ、妹はわたしたち姉妹、兄弟の中で一番幸せなのではないでしょうか。横須賀のサラリーマン夫妻にもらわれたのですが、かなり土地を所有している裕福な家庭の一人娘になったから、この点は伯母のお手柄だと思います」

「話が飛びますが、亮ちゃんが迷いに迷っているのは、事柄の性質上、当たり前です。目黒の伯父さまに電話をかけた時は、先生は希望を持ちましたが……」

「えっ！　本当ですか」

「夏休みの当直の日に、先生の前で電話で伯父さまと話してましたよ。先生は耳をそばだてて聞いてましたが、伯父さまは診察したいから目黒にいらっしゃいとも言われたそうですよ」

「亮平が伯父に電話をかけたなんて信じられません。伯父に相談したいなどと、わたしにも話してましたが、真に受けず冗談だと思ってました。相談できる立場でもないし、身のほどをわきまえていません」

弘子は色をなし、額に青筋を立てていた。

「亮平がいったい何を考えているのか、わたしにはさっぱり分かりません。伯父に電話をかけるなんて、気は確かかって訊きたいくらいです」

「どうして？」

「父が伯父にどれほど迷惑かけたか……」

「亮ちゃんが伯父さまに迷惑をかけた訳ではないのでしょう？」

「それはそうですけど」

「伯父さまを尊敬している亮ちゃんが電話で相談するぐらいのことは、許されると思いますよ。弘子さんがいきり立つことだとは思いません」

弘子は言い返せなかった。

「ただ、伯父さまに会うチャンスがあるのかなぁ。どうチャンスをつくるのか、わたしには想像もつかない」

稲垣富子は呟いてから、来週の月曜日に亮平と話そうと思うと言った。

「弘子さん、ありがとう。手紙を書くことに決めました」

九月十七日の月曜日の放課後、稲垣先生が亮平を呼び止めた。

「杉田君、五、六分で済みますから」

「はい。なんですか」

「夏休みの終りに伯父さまに電話したことを忘れてませんか」

「忘れる訳がありません」

「伯父さまの診察を受けることになってませんでしたか」

「目黒に行く為に、下山君と芝崎君にめぐみ園に来てもらおうと思っています。どうしても伯父に会う必要があるので、二人の知恵を借ります。小岩へ行くにしろ、行かないにしろ、伯父の意見を聞きたいと思っているのです」

稲垣先生の綺麗な笑顔が素敵だった。

「先生は大賛成です。ところで児童相談所の所長さんとの面接はどんな様子だったのか教えて」

「小岩に行く気はありますと言いました。弟も僕とまったく同じです」

「その前に伯父さまと相談すれば、もっと良かったと先生は思います」

「僕も同感です。父の行動がこんなに早いとは思いもしませんでした。父を見くびっていたことを後悔しています」

「先生にはお父さまの気持ちも分からなくはありません。しかしながら、亮ちゃんが辛い思いや悲しい思いをするんじゃないか、心配で心配でならないのです。その点は弘子さんも同じですよ。亮ちゃんが誰とでも仲良しになれるのは、先生もよく知っています。でも、小岩のうちは複雑過ぎますよ」

「先生、みんなと一緒に暮してみなければ分かりませんが、僕の強みは市川にいっぱい友達がいるっていうことです。池田君みたいな友達ばっかりです」

「それも高橋先生のパワーですかねぇ。先生はめげてしまいそう」

稲垣先生は弘子に背中を押されていることに思いを致して、ぐっと胸を張った。

「〝お母さん〟は所長と面会したのですか」

「しません。〝お母さん〟は町会議員選挙に夢中で、それどころではないと思います。僕を厄介払いしたくて仕様が無いんじゃないでしょうか」

「それはどうかなぁ。めぐみ園の誇りと思っている筈です」

「先生は何にも知らないのです。僕が〝お母さん〟からなにをされたのか教えたいですが、いくらなんでも話せません」

稲垣先生は口をつぐんだ。

突然、亮平が弁論大会に出たいと言い、原稿を見せられたことを思い出したようだった。

「この話はこれで二度目ですが、弁論大会に出場した動機は町会議員候補者の小濱守見子と暴力少年の小濱浩の二人でしたね」

「守見子のシュは守ではなくて首が本当の名前で、選挙には小濱首見子で立候補します。下位のほうですが当選確実です」

「まあ。そんなことまで知ってるの？」

「間違いありません。町役場の人たちも、そう見ています」

「亮ちゃんは役場にもお友達がいるのね」

「いません。僕に限らず、めぐみ園ではみんな知っています。なんせ、めぐみ園の園長にして、診療所所長、幼稚園の園長です。小濱守見子だか首見子は二宮町の名士です。女性では一番有名人だと思います。上昇志向の強さでも一番です」

「町長を目指しているのかしら」

「無理です」

「保守的な二宮町で、女性町長はあり得ませんね」

「先生、いま何時ですか」

亮平は稲垣先生の左腕を両手で握っていた。

四時を五分過ぎていた。

亮平は馴れ馴れしくし過ぎたことを恥じ入った。

4

めぐみ園コーラス部は、房総西線木更津駅の先の大貫駅から大貫海岸の宿泊先まで、バスで移動した。

杉田亮平は夕食後の午後七時半頃、姉の弘子から稲垣富子の手紙を手渡された。

「就寝前に心して読みなさい。さっき稲垣先生から託されたの」

「さっきって何時(いつ)だ」

「わたしが先生にお会いしたのは午後二時過ぎ。きっとおまえと別れてから書いたんじゃないの。早く仕舞いなさいよ」

亮平は分厚い封書をズボンのポケットに入れるのに難儀した。

海風が心地よかった。ここは大貫海岸の〃海の家〃だ。当地の養護施設が店仕舞い直前の海の家の一棟を、めぐみ園コーラス部を迎える為に借り切ってくれたのだ。海の家に一泊して、あす二十三日日曜日の午前中にコーラス部が慰問し、コーラスを披露することになっていた。

引率者は〃お父さん〃の小濱仁理事長、指揮者は青木正之(まさゆき)。青木は四十一、二の音楽学校出身の本格派だった。

亮平の罹病中に、コーラス部は週に一度、青木の指導を受けていた。

亮平は薬園台小学校の意地悪教師だった青木荘吉と同姓であることに、先ず反感を覚えた。目付きの悪さも両者は共通していた。

亮平は初めて練習に参加した日に「おまえはわたしのような立場のある者に指導を受けられることを有り難いと思いなさい」と居丈高に言われて、いっぺんに青木正之が嫌いになった。

もっともさすがにプロで、指導力はかつての小林節子先生の比ではなかった。

亮平は夕食を急いで切り上げ、独りになって、ほれぼれするほど奇麗な字の手紙を貪るように読んだ。

亮ちゃん　お元気ですか。今日の正午過ぎまで亮ちゃんと話していたのですから元気に決まっていますね。亮ちゃん宛に初めて書く手紙なので、先生は少なからず緊張し、高揚してもいます。

亮ちゃんは本当に小岩へ行ってしまうのでしょうか。お父さんと約束し、児童相談所の所長さんにもお父さんの新しい家族と修二君共々一緒に暮すと誓ったのですから、先生があなたに手紙を書いたところでなにも変化は起こらないのかも知れません。

でも、先生の気持ちや考えをもう一度整理して亮ちゃんに手紙を書くことが無意味だとは思いません。

先生は亮ちゃんを心より愛し、慈しんでいます。亮ちゃんは先生のこの気持ちを理解してくれますか。

それとも、うっとうしいと思っているのでしょうか。そうだとしたら、この手紙を破いて捨ててください。

こんなことを書きながら、心優しい亮ちゃんのことだから必ず返事をくれると祈る思いでもいるのです。

「小岩で暮らしてみなければ分からない」と亮ちゃんは言いましたが、結果的に悲惨なことになっても、亮ちゃんなら耐えられる、少なくとも耐えようとするかも知れませんね。

小岩での生活は想像もつかないほどの困難が待ち受けている、亮ちゃんは楽観的であり過ぎる、と未だに先生は思わずにはいられません。

先生は今でも亮ちゃんが先生たちと暮らしてみることを勧めたいし、願っています。それが精神的に苦痛であれば引き返せばよろしいのです。小岩へ行ってしまえば、引き返すことは困難です。

一年生の三学期から市川第一中学校に転校すると聞きましたが、せめて三学期は助走期間として津田沼で生活し、二宮中学校へ通学する、どうしても馴染めなかったら、二年生から小岩へ行く、というシナリオを先生は考えました。帰する所、亮ちゃん次第なのですが、承諾してもらえたら先生は高橋先生とも話しますし、市川の児童相談所の所長さんにも面会したいと思います。

亮ちゃんは、市川一中には友達がたくさんいることが僕の強みだと言いましたが、意地悪な生徒が必ずいます。それと市川一中のレベルは比較的高いので、二宮中の亮ちゃんみたいにお山の大将でいられるとは限りません。

言うまでも無くいちばん尊重されて然るべきは、亮ちゃんの意思なのです。高橋先生は、先生などは足許にも及ばないほど素晴らしい教師だと思いますが、亮ちゃんに対する愛情の深さにおいて、先生は負けていません。高橋先生が小岩の家庭の実情をどれほど御存じなのか先生は知る由もありませんが、亮ちゃんが了承してくれたら、先生は小岩へ行ってご両親（三郎さんと福子さん）や福子さんのお子さまたちにお目にかかり、先生の意見なり、思いをお話ししたいとも考えています。高橋先生は小岩の家庭の実情、実態を確認したのかどうか、先生は気になっています。一年ほど前、めぐみ園に三歳の妹（百枝）さんがおられたことを弘子さんから聞きました。妹さんが養女に出される時の亮ちゃんの気持ちを先生は美しい心、優しい心だと思いました。そして、めぐみ園に一度も伺っていないことに気付きました。小濱理事長と小濱園長とも、いろいろ話さなければなりません。〝お母さん〟が授業参観日に一度も来ないことを四の五の言えた義理ではありませんね。二宮中に教師の家庭訪問の習慣はまだ無いとはいえ、事柄の性質上、先生はやるべきこと、なすべきことをしていなかったことを反省しています。

これでは高橋先生のパワーに圧倒されて当然です。繰り返しますが、亮ちゃんの気持ちが最優先されて然るべきは言うまでもありません。ただ、亮ちゃんが許してくれたら、先生は直ちに行動する所存です。

亮ちゃん、大貫海岸の海の家は今何時ですか。夕食を終えて八時か九時頃でしょうか。

先生は、この手紙を書くために治雄さんにも手伝ってもらいました。下書きが一杯あります。時々、涙ぐんだりしながら心を込めて清書しています。今、九月二十一日金曜日午後十一時十三分です。治雄さんはお酒を飲んで眠ってしまいました。

先生はビールを一杯飲んだだけで顔が火照りますが、今ペンを置いて、頬を触ってみたら火照りが消えていました。でも、手の感触は温かいので、高ぶっていた気持ちが静かになったのだと思います。

亮ちゃん、あしたの午後、先生はこの手紙を弘子さんに託します。先生に亮ちゃん宛に手紙を書くことを勧めてくれたのは弘子さんです。

「亮平君が懊悩するだけのことで結果は変らんだろう」と治雄さんは言っていましたが、先生は「わたしの思いを表白するまでです」と言い返しました。

先生の胸の中は行ったり来たりしていますが、大貫海岸は静かですか。それとも大波、小波の音が聞こえるのでしょうか。多分、聞こえるのでしょうね。波音を子守歌と思っておやすみなさい。そして、あしたはコーラスを楽しんでください。

先生は今にも瞼がくっつきそうです。

亮ちゃん、二十四日の朝、元気な顔を見せてください。コーラスの話も楽しみにしています。

亮平は海の家の簡易便所で肩をふるわせながら、稲垣先生の心に染み入る手紙を反芻した。

心が揺さぶられるのは仕方が無いが、稲垣先生の温容に、ツンとした弘子の顔が重なった刹那、涙が止まり、冷静になっていた。

そうか。姉が稲垣先生を焚き付けたのだ。稲垣先生が自発的に手紙を書いた訳では無い。

亮平は便所から海の家へ戻って、弘子に詰問した。

「お姉ちゃんが稲垣先生に手紙を書くことを勧めたんだってな」

「あら。そんなことまで書いてあるの。信じられない。稲垣先生、どうかしてる」

「どうかしてるのはそっちだ」

亮平は姉の澄まし顔に、右手の人差し指を突きつけた。

「見せなさい。稲垣先生からの手紙を」

「冗談じゃ無い。手紙の内容は知ってるんだろう？」

「まさか。おまえバカだね。呆れ返ってものが言えない」

「手紙を書くように勧めた奴に見せるバカがいるとしたら、誰かさんだろう」

亮平の右手が再び伸びた。

「おまえ、泣いたんじゃないの？　心の籠もった手紙だったと思うけど」

「稲垣先生は僕の気持ち次第だって繰り返し言っているし、書いている。きめ細かい点は女性なるが故だと思うが、やっぱり高橋先生のパワーには勝てっこ無いんじゃないのか」

亮平はそう言いながら胸がじんじんしていた。

「亮平、小岩なんかへ行ったら二度と引き返せないからね」

「へぇー、稲垣先生と全く同じ台詞だ。笑わせるぜ」

強がりだと分かっていても、亮平はここは引いてはならないと思った。

亮平は翌朝の礼拝のあとで、〝お父さん〟と立ち話をした。

「お願いがあります。来週の日曜日に目黒へ行くことを許可してください。伯父の意見を聞いてから、今後の方針を決めるべきだと思うからです」

「よろしい。許可する。弘子と一緒じゃなくていいのか」

「独りのほうが良いと思います。姉は伯父と会うことを畏れ多いと思っています。僕が伯父に電話をかけたことを、気は確かかなんて言うくらいですから。二宮中の職員室から伯父に電話をかけたら、会いたいと言われました」

「ふうーん。そんなことがあったのか。来週の日曜日の朝食後、出かけたらよろしい」

「有り難うございます」

亮平は深々と頭を下げた。

5

亮平から事情を聞いて電車賃などを恵んでくれたのは高井昭一だった。たまたま折笠雅子より高井に話すのが先になっただけのことだ。

「大大先生の伯父上殿も小岩へ行くことを勧めると思うぞ」

「僕もそう思います」

「弘子は最後の最後まで足を引っ張るだろうが、亮平と修二は小岩で決まりだな」

「はい」

「元気がないなぁ」

亮平が小声になったのは、高井に稲垣先生の手紙を読ませようかと迷ったからだが、もしそうするとしても伯父のほうが先だと思い直した。

「亮平、頭を刈ってやろう」

「お願いします。当てにしてました」

折笠先生もバリカンで頭を刈れるが、高井の右に出る者はいなかった。スピード感が違うし、トラ刈りにもならない。園田信は嫌々バリカンを手にする口だ。

「よし終った。頭を洗ってこい」

高井は手拭いを亮平に貸してくれた。

亮平は洗い場で坊主頭を水洗いして、高井と園田の部屋に戻った。

園田が乾燥芋の包みを亮平に手渡した。

「伯父さんへの手土産だ。盗み食いしない為にここで一つ食べて行け」

「はい。嬉しいです」

さつま芋は土中深い室の中に保存されていたので、園では一年中主食にも副食にもされた。乾燥芋も高井と園田が作り、管理していた。むろん時々園児のおやつにもなった。亮平は特別扱いされていたのだ。

6

国鉄目黒駅で下車し、権之助坂を下り切った左手に杉田医院があった。

亮平は、「＝内科・小児科・レントゲン科＝」の看板の前で腕組みし、往時を偲び、しばし感慨に耽った。

一年四か月ほど前のことだが、母方の伯母、横内早苗に小金井の孤児院、サレジオ学園に連れて行かれた帰りに、これまた強制的に杉田医院に立ち寄らされたのだ。あの時は足が竦んだが、今はやけに落ち着いている。看板をしげしげと見入るほど気持ちにゆとりがあった。

「よし行くぞ！」

亮平は気合いを入れるため、独りごちてから、診療所兼住居へ突進し、ベルを力任せに押していた。

「こんにちは。杉田亮平です」

「あら、亮ちゃん来たのね。どうぞ」

伯母の杉田須賀子の声が聞こえた。十数秒後にドアが開いた。須賀子とは幼少期に何度も会っていた。バタ臭い面立ちで、美形だ。浴衣姿だった。

「こんにちは」

「よく来ましたね。さっそく伯父さんに診てもらいましょう」

「はい。これはお土産の乾燥芋です」

亮平は風呂敷から包みを取り出して、須賀子に手渡した。

「ありがとう」

「どう致しまして」

亮平は須賀子の笑顔に誘われて白い歯を見せた。

白衣姿の伯父と対面したのは初めてだ。ずんぐりしていて、身長は亮平と同じくらいの百六十五センチほどだろうか。

「亮平、急に背が伸びたなぁ。なるほど母親に似て良かったな」

すぐに診察が始まった。まず脈を取り、打診。聴診は特に慎重だった。保は喉を覗き込んでから「咳と痰は出るのか」と訊いた。

「いいえ。出ません」

「食欲はどうかな？」

「あります」

「ペニシリンで一命を取り止めたんだったな」

「はい。めぐみ園の先生たちのお陰です。小濱園長はイエス・キリストに祈りなさいの一点張りでしたが、先生方が費用を負担すると言ってくださったのです」

「抗生物質は高価な薬だ。普通なら施設の子に投与しないかも知れん。亮平……。おまえは幸運だった。よくぞ生き延びた。念の為にレントゲンを撮っておこう。その前に小水、おしっこを見せなさい」

保は亮平を便所へ連れて行き、しゃがませてから、「終わったら、流さないで合図しなさい」と言って、ドアを閉めた。

保は小水をしげしげと見て、黙って二度頷いた。そしてレントゲン室に亮平を導いた。初体験だ。大きく息をして止めたり、吐いたりと、けっこう骨が折れた。

昼食はお手伝いさんがこしらえてくれた、海苔にくるんだおむすびと卵焼きに味噌汁だった。

「須賀子伯母さんたちはどうしたのですか」

「おまえが来た時は出かける所だった。子供たちは友達の家に行くと言って十時頃に出て行ったよ」

「伯父さんと二人だけで話せるのは有り難いです」

「うん。黙って食べなさい」

食事中にひと言もしゃべれないのは厳しい。これまた初体験だ。伯父に合せてゆっくり食べるのも辛かった。

亮平は正座していたが、ほどなく伯父に倣ってあぐらをかいた。しばらくぶりの分厚い座布団が心地良かった。

お茶になった所で、やっと口を利いてもらえた。

「三郎は施設に来てるのか」

「はい。三度も来ました。今は小岩に住んでいますが、母も了解したということで、市川の児童相談所の所長さんを連れて来てくれたので、福子さんという今の奥さんも僕と修二を引き取ることに同意したのだと思います」

「三郎の仕事は順調なのか」

「以前、電話でも話しましたが、小岩の映画館のプログラムを制作していて、羽振りは良いみたいです」

「そうか。あいつは手先が器用であり過ぎるのが欠点なんだ。器用貧乏とでも言うのかねぇ。子供の頃から図画、工作、習字の類いは抜きん出ていたからなぁ。長続きするといいが……」

「伯父さん、相談があります。この手紙を読んでください」

亮平は脇に置いておいた風呂敷包みの中から、稲垣先生の手紙を取り出し、封筒ごと保に手渡した。

保は手紙をきちっと読んでくれた。

「治雄という人が稲垣先生の亭主であることは察しがつくが、二人とも二宮中の教師なのかね」

「いいえ、治雄先生は津田沼の中学の国語の先生です。稲垣先生は音楽の先生ですが、僕のクラスの担任です。二人ともすごく良い先生で、子供がいないので僕と暮らしたいと言ってくれました。年齢は二人とも三十四、五歳です」

「手紙を読んで良き教師であることは間違いないと思うし、こんな優しい教師がおるとはなぁ。おまえが迷いに迷っていることも分かる」

保は緑茶を飲みながら思案顔になった。

「正に亮平次第だが、長男のおまえまでが養子に行ってしまうのは、三郎が哀れ過ぎる。可哀想だ。わたしは三郎と兄弟の縁は切ったつもりだが、憎しみ合っている訳では無い」

「いちばん悪いのは母の姉の早苗伯母さんです……」

亮平は、早苗が保からせしめた金額の事実関係についての疑問が口を衝いて出そうになったが、ぐっと喉元で押し戻した。

「済んだことだ。忘れなさい。ちょっと訊くが、福子さんを知っているのか」

「はい。昔、小岩駅の北口で小さな飲み屋をやってました。実は父に何度か連れて行かれ、連れ子の子供たちにも会っています」

「おまえなら仲良くやれるだろう。三郎から聞いているが、福子さんの元亭主は株屋さんで遣り手だったらしいな。女を作ったのは株屋さんのほうが先だとも聞いた。三郎は同情心からひょんなことになったと話してたが、おまえが三郎を捨てるのは勘弁してもらいたいというのが正直なわたしの気持ちだ。わたしと三郎の仲がどうあれ、わたしと亮平は伯父と甥だ。修二も然り。弘子とは伯父と姪の関係だ」

「姉は、僕と修二が小岩へ行くことには断固反対で、邪魔しようとばかりしています。稲垣先生にこの手紙を書かせたのも姉なんです」

「弘子には弘子の立場なり、気持ちがあるんだろう。福子という女性とは水と油だろうなぁ。ところで高橋先生とは市川小学校時代の担任教師だな」

「今年の五月五日にめぐみ園に旧友を六人も連れて来てくれました。父や母にも会ってます。稲垣先生は高橋先生の足許にも及ばないと思います」

「手紙にも書いてあったな」

亮平はきまり悪そうに下を向いた。稲垣先生に言いすぎたと思わざるを得ない。

「亮平は稲垣先生にも感謝せなあいかん。おまえにとってめぐみ園の生活は決して悪くなかったと思わなければな」

亮平は憮然として反発した。

「早苗伯母さんにも感謝しなければいけないのですか」

保もむすっとした顔になった。亮平は二重瞼の眼に強く見返された。

「おまえの父親がだらしないから、乗じられたんだ。わたしもあの人は好きになれんが、ま、忘れることだな」

「はい」

「小岩へ行ったら、またここへ来たらいいな」

保は手紙を封筒に戻して亮平に返し、中腰になった。

7

亮平が小岩行きの決断を伝えると、稲垣先生の落胆は小さくなかったが、「伯父さまは間違っていません。弟さんの気持ちを大切に考える所はさすがです」と、にこやかに言ってくれた。

高橋先生が十月下旬の土曜日の午後、二宮中学校に転校手続などで現れた時も稲垣先生は笑顔で応対してくれた。

「杉田君から高橋先生の素晴らしさを幾度も聞かされています。作文で〝我が師の恩〟を読まされてもいます。実は杉田君を失うことは、わたくしども二宮中にとりまして辛いのですが、杉田君は市川一中のほうが相応しいと思い、諦めました」

「稲垣先生のお陰で杉田は成長したのです。杉田が稲垣先生にどれほど感謝しているか聞き及んでおります」

「恐れ入ります」

職員室の片隅で、亮平は起立して稲垣先生に深深と頭を下げた。

高橋先生が煙草を口に銜えた時、亮平はのけ反った。

「僕、高橋先生を称える作文に書きました。高橋先生はお酒も飲まないし、喫煙もしないって」

「お酒はもともと嗜むが、煙草を始めたのは最近なんだ。先生も人の子だから、あんまり美化されても困るぞ」

高橋先生は真顔で返し、稲垣先生はくすくす笑った。亮平は肩を竦めて、舌を出した。

「十二月中に転校手続は完了しますね。なにからなにまで高橋先生にお世話になってしまい、心苦しく思っています」

「稲垣先生が受け入れてくださったお陰です」

亮平は起立して、高橋先生と稲垣先生に向かって頭を下げた。

「両先生のご恩は一生忘れません」

「杉田、それを言うのは相当先のことだ。十二月の二学期の終業式まで二か月もある。相変らず、せっかちでそそっかしいなぁ」

「ふふっ」と笑ってから、稲垣先生が続けた。

「杉田君がせっかちなことは分かりますが、そそっかしいとは思いません」

「そうかも知れませんが、わたしは小学生時代の杉田しか知りませんので。中学生になって、落ち着いたのかも知れませんね」

「一年一組の級長ですし、先頃の弁論大会に一年生でたった一人出場し、三位に入賞したのですから褒めてあげてください。実に冷静で堂々たるものでした」

亮平が口を出した。

「高橋先生、その話はあとでします。稲垣先生の指導力のお陰なのです」

亮平はあわて気味に話題を変えた。

「先生、宮本雅夫君の家が寄留先ということですが、時々宮本の家に泊まらなければいけないのですか」

「そんなことはあり得ない。以前も話したが名目上のことだ。市川一中には宮本家の住所で届け出るので、誰かに訊かれたら、住んでいると答えればよろしい。しかし、学校もすべて承知していることなので、質問されることは無いと思う。おまえは安心して小岩の家から市川一中へ通えばよろしい。修二君も然りだ」

「杉田君が転校すると一組は寂しくなります。わたしは心配でなりません」

「申し訳ありません。杉田の存在感がそれほどとは……」

「なんとか二宮中に引き止めたくて悪あがきしました」

稲垣先生は亮平を見詰めた。

「お姉さんの弘子さんも最後の最後まで応援してくれたのよねぇ」

稲垣先生に手紙のことをほのめかされて、亮平は胸がじんとなった。

亮平は十一月から十二月下旬にかけて大忙しで、修二の面倒を見るいとまはほとんど無かった。

池田家では二度も夕食の馳走になった。〝お父さん〟が「亮平の好きにさせてやれ」と折笠先生たちに言ってくれたからだ。

薬園台小学校時代に池田と共にボクシングに誘って自身の存在感をアピールした秋山、大塚、渡辺たちとも、二宮中の校庭や教室で別れの挨拶を交わした。

ガキ大将の桜井には放課後、教室でしみじみと話しかけた。

「君は悪ガキだけど、僕より勉強も出来るし野球も上手だ。一組で僕が一目置いているのは君だけだからね。ボス的な面を抑えて級長になってもらいたいんだ」

「どこだか知らねぇけど、転校するおまえにとやかく言われるのはおかしいじぇぇ」

「違うんだなぁ。稲垣先生の意見、考えなんだよ。君のボス的な面を少し抑えれば、立派に級長が務まるよ。というより君しかいないんだ。命令調を止めるだけで済むんだぜ。くれぐれもよろしくお願いします」

亮平は机におでこがぶつかるほど低く低く頭を下げた。

「稲垣先生が俺の名前を挙げたのは本当なのか」

「なんなら先生のいる所で話そうか。今のは予行演習ということで」

「バカ！　よせやい。うんうん。俺も一度級長になりたいと思ったことはあるじぇぇ」

「よし、これで決まりだね」

亮平が右手を伸ばすと桜井は笑顔で握手に応じた。

桜井と別れたあとで、亮平は大人ぶって「立つ鳥跡を濁さず」と独りごちた。

亮平がいちばん感動したのは、高遠先生が二宮町の自宅で、心づくしの手料理でもてなしてくれたことだ。

十二月二十二日土曜日の夜、一家総出の歓送会だった。高遠栄子は一年間、めぐみ園に無報酬で手伝いに来ていた。

〝恵の部屋〟で幼少の園児の世話役だった。妹の百枝との接点はすれ違いで無かったが、話は保母たちから聞いてくれていた。一人息子が亮平の一年下で、薬園台小学校と二宮中学校での亮平の存在を聞かされていた節もある。すらっとした体形で、目鼻だちの整った素敵な女性だ。夫は日本通運のエリート社員だが気さくな人だった。

亮平は当日午後三時過ぎに高遠家を訪問した。これで二度目だ。

九月に訪問した時、おやつの茹でたとうもろこしをがつがつ食べ始めた亮平に「美味しそうに食べてますねぇ。確かに旨いが、アメリカでは主に家畜の餌として用いられている。日本は貧しい国だからほとんどは食糧なんでしょうね」と話した時の高遠日通マンの笑顔は印象的だった。

8

十二月二十五日の終業式後、亮平は稲垣富子先生から通信簿を手渡された。

「杉田亮平君とはきょうがお別れの日になりますね。市川一中で頑張って、二宮中の学力が決して劣ってないことを示してください。あなたのことは生涯忘れません。わずか一年生の一、二学期を共にしただけですが、先生にとっては密度の濃いものでしたし、楽しい日々でした」

稲垣先生の声はくぐもり、目尻に涙が滲んでいた。

亮平は胸が熱くなったが、懸命に声を押し出した。

「僕も先生のことは忘れません。ご恩は忘れません。ご恩は忘れませんはこれで二度目です」

「握手しましょう」

稲垣先生はくすっとして、きれいな笑顔になった。

「はい。嬉しく思います」

生徒たちは全員、亮平が転校することを承知している。シーンとしていた教室が明るくなり、私語も交わされ出した。

亮平は席に戻って、通信簿をそっと開いた。オール5だった。家庭科、図画・工作の5はあり得ない。贔屓に決まっている。気恥ずかしく誰にも見せられない、と亮平は思った。

めぐみ園では昼食後、折笠先生が頃合いを見て、「ちょっと静かにしてください」と園児たちを食堂に押しとどめた。

「〝お父さん〟からの伝言があります。朝の礼拝で、杉田亮平君と修二君がきょう、めぐみ園を去って行くのをうっかり忘れてしまい、送別の讃美歌を歌わなかったので、昼食後食堂で皆で歌ってください、とのことです。亮ちゃんと修ちゃんは後ろに下がって、皆さんは前に集まってください」

あらかじめ打ち合わせをしていたとみえ、松尾先生、竹山先生、相澤先生たちも合唱に参加した。

松尾先生が「一、二の三」と言って歌い出し、時ならぬ合唱になった。

神ともにいまして
ゆく道をまもり
あめの御糧(みかて)もて
ちからをあたえませ
また会う日まで
また会う日まで

神のまもり
汝が身を離れざれ

折笠先生が亮平と修二に近づき、「二人も一緒に歌いましょう」と耳打ちしてくれた。

「はい。歌います」

二番目から亮平も修二も声を張りあげた。

荒れ野をゆくときも
あらし吹くときも
ゆくてをしめして
たえずみちびきませ
また会う日まで
また会う日まで
神のまもり
汝が身を離れざれ

御門(みかど)に入る日まで
いつくしみひろき
御翼のかげに
たえずはぐくみませ
また会う日まで
また会う日まで
神のまもり
汝が身を離れざれ
アーメン

松尾先生が拍手したので、全員がそれに続いた。

「亮ちゃん修ちゃん、これからも元気で頑張ってください。めぐみ園での生活は二人のためになったと思います」

「僕たちもそう思っています。住む場所も学校も替わりますが、めぐみ園のことを忘れることはありません。時々訪問するようにしたいと思います」

「それではこれで解散とします」

折笠先生が締めくくった。

亮平は弘子が合唱前に退出したことが気になっていたが、姉の気持ちも分かった。弘子は身の振り方を決めかねていた。

二日前には父の三郎から、亮平宛に小包が届いた。中身は詰め襟の学生服と修二には黒っぽい上着とズボンだった。

二人は〝望の部屋〟で着替えた。二人とも少し大きめでダブダブ感は否めなかったが、亮平はめぐみ園を卒業して行く立場に思いを致して、しんみりした。詰め襟を着て初めて中学生になったような気分にもなった。

折笠先生がやってきた。

「挨拶は済んでますから、そっと静かに出て行くのが良いでしょう。手荷物は教科書と身の回りの物だけにしなさい。残りはチッキで小岩に送るようにします」

「先生、長い間お世話になりました。ほんとうにありがとうございました」

亮平は丁寧に挨拶し、お辞儀をした。そしてぼさっとしている修二の頭を押さえつけた。

9

平成十八（二〇〇六）年二月十六日の夕刻のことである。平綿すみ子が杉田亮平を訪ねてきた。

百枝は三歳で千波金藏、にわ子夫妻の養子となり、千波すみ子に改名、長じて平綿孝之と結婚した。

すみ子を一目見て、亮平は「母に良く似てる」と呟いていた。

だが百子と違って、心の優しい女性であったことが嬉しくてならなかった。亮平は「氏より育ちか……」と思わず呟いた。

すみ子の帰宅後、亮平は妻にしみじみと語りかけた。

「人間至る処に青山あり。兄弟、姉妹の中で百枝が最も幸せな人生を送っているということかなぁ」

「すみ子さんのお義母さんの写真を見て、笑顔の素晴らしさに感動したわ。すみ子さんを明るく、心豊かに育ててくださったのが良く分かりました」

妻が声を詰まらせたので、亮平も思わず目頭が熱くなった。

〔参考文献〕
『囚はれた大地』平田小六
『深海の使者』吉村昭

解　説　勁さと優しさの原点がここに──高杉良の心の自叙伝──

加藤正文

どのページにも、人懐っこくて繊細で向こう見ずで利かん気な少年がいる。敗戦から五年後の混乱期、両親の不仲で心ならずも放り込まれた児童養護施設で年かさの暴力少年と闘い、園長の理不尽に屈せず、師や友と心温かく交流する。持ち前の機転と正義感で数々の苦境を乗り越え、自分の足で歩いていく。

「めぐみ園がなければ、私は作家になっていなかったかもしれない」。高杉良自身がそう話す通り、覇気にあふれたこの自伝的小説には経済小説作家として大成する原点がくっきりと刻まれている。

『虚構の城』『広報室沈黙す』『濁流』『金融腐蝕列島』……。時代を切り取った作品群は、市場原理主義や拝金主義、権力者の腐敗、不条理を、働くミドルの立場から厳しく追及しているのが特徴だ。

高杉は生き方の指針を問われるとR・チャンドラーの作品中の言葉を引用した。

「男は強くなければ生きていけない。優しくなければ生きていく資格はない」。そしてリーダーの資質として強調したのが「勁さと優しさ」だ。こうした本質は多感な少年時代を過ごした「めぐみ園」で育まれたといってよい。

■寄る辺ない不安感

高杉が自身を投影する主人公、杉田亮平は、一一歳の一九五〇（昭和二五）年夏、両親の不仲の末、姉、弟、妹と、孤児たちが暮らす児童養護施設「めぐみ園」に送られる。伯母に連れられ、「天国のようなところだ」と聞かされて入園するが、話はまるで違っていた。

〈食事の不味さといったらなかった。特に主食のオートミールは初めて口にしたこともあって、亮平は吐き出しそうになった。一夜にして虱をうつされたのにも閉口した。天国のような所は、地獄のような所の間違いだと亮平は思い、伯母を呪いたくなった〉（引用は抜粋、以下同）

多感で聡明な少年にとって両親の不和で施設に入れられる思いはどれほどつらかっ

ただろう。悲しさを通り越し、寄る辺ない不安感といきなりの転落による情けなさは耐え難かったに違いない。〈めそめそしてはいけない。男の子じゃないか。もっと強くならなければと我が胸に言い聞かせるそばから、涙がこみあげてくる〉

　四五年八月、敗戦を迎えたとき、日本は荒廃と混乱のさなかにあった。焼け跡の廃墟は行き暮れた人々であふれた。なかでも悲惨だったのは戦災や引き揚げなどで孤児になった子どもたちで、その数は一二万人に上ったという。その実情を描いた小説では野坂昭如「火垂るの墓」（六七年）や西村滋の『お菓子放浪記』（七六年）などが思い浮かぶ。

　本作の設定は五〇年。亮平は戦災孤児ではないが、めぐみ園の園児らの状況は想像に難くない。根強い差別や偏見もあった。学校で亮平は「臭え臭え。この残飯野郎！」とからかわれた。亮平は六年生の三学期、級長を務め、卒業式で総代に選出されそうになる。しかし「児童養護施設からの総代はあってはならない」というのが学校側の意向だった。日本は貧困のさなかにあり、経済白書が「もはや戦後ではない」と宣言するのは五六年のことだ。

■理不尽にめげず

めぐみ園は理事長、園長夫妻が園児たちを監視している。個人への土産は取り上げられ、外出はなかなか認めてもらえず、鞄の中身も調べられる。不条理の極致は、夫妻の三男で年かさの暴力少年の横暴ぶりだろう。園児の中で目立つ亮平は、父が買ってくれて大切にしているグローブを取り上げられる。

〈「両親に捨てられて、ここでタダ飯食える良い身分だよなぁ。おい、野球帽とグローブはおまえの物なのか」

「はい」

「それはダメだ。私物は認められない。園で保管するからな」

「困ります。僕の宝物を取り上げるなんて、許せません」

「なんだと！」

いきなり摑みかかられ、亮平は呆気なくぶったおされた。

しかも平手打ちを四発もくらった。

「これは俺が貰ってやるからな」

野球帽とグローブは取り上げられた。

色白で下ぶくれの少年は、亮平にとどめの蹴りまで入れて引き上げた〉

亮平の表情が目に浮かぶ。「卑怯者」。心の叫びが聞こえてくる。だが、こうした理不尽にめげる亮平ではない。次第に頭角を現し、前向きで図々しさも兼ね備えた性格が奏功して、周りにはいつも共感者や友人たちがいた。住み込み作業員の青年たちはいつも支援してくれた。小学校時代の担任、高橋光芳と旧友たちとの交流は救いとなるばかりか、最後は高橋の尽力で父の元で暮らす道筋がつく。最終章の「我が師の恩」は感動的だ。


〈「児童相談所とも、教育委員会とも話は付いている」

「すごーい。先生独りでなにもかも……」

亮平は俯いて、掠れ声を押し出した。涙がこぼれそうになるのを懸命に堪えた。

「先生は今まで杉田をかまってやれなかったからなぁ。これくらいのことは当然すべきことだ。大したことじゃ無い」

「先生に恩返しする為には勉強するしかありません」

「恩返しかぁ。うーん。良い言葉だなぁ。杉田は世の為、人の為に、もっと言えばお国の為に頑張るに相違無い」

■幸福へのまなざし

経済小説の巨匠と称される高杉が作家生活四五年で書いた作品数は八〇を超える。その底流には雇用や暮らしの維持、幸福の追求といったまなざしがある。

二〇〇七年に出した論集『亡国から再生へ』（光文社）は怒りと憂いに満ちている。厳しく批判したのが時の小泉純一郎政権が推進した構造改革路線だ。当時の竹中平蔵経済財政政策・金融担当相が、不良債権処理を断行した結果、何が起こったか。取材に対して高杉は嘆いた。

「貸し渋りや貸しはがしを銀行に強いて中小企業と地場産業を倒産に追いやった。地域の疲弊は目を覆わんばかりだ」「自殺者は年間三万人。これが構造改革の実態だ。あまりに寒々しい」「懸命に働いても、幸福が実感できない。トップが倫理を失い、偽装や隠ぺいが横行し、下流社会が生まれている。形ばかりの経済成長が続けばいいのか」

戦中戦後に目の当たりにした貧困や格差、不条理……。それらは社会を荒廃させ、しわ寄せは子どもや高齢者といった弱者に行く。身に染みて知る高杉の怒りの矛先は為政者であり、経営トップだ。数々の作品で指弾された名前を知ればだれもが納得するだろう。

映画監督山田洋次の作品を挙げて強調したのが日々の暮らしの大切さだ。

「『男はつらいよ』のシリーズや時代劇『たそがれ清兵衛』で共感を呼んだのは、家庭の大切さ、仕事をもつ意味、人間の誇りなどだ。市場原理で〝勝った者が総取り〟という風潮がまかりとおると、そんな心のよりどころまでも壊されていく。いま、為政者に最も必要なのは、国民を委縮させるのではなく、再生への力強いメッセージだ」

■生来の資質

経済小説の系譜をたどると、「組織と個人」に焦点を当てた城山三郎、企業や人間の暗部を描いた清水一行（しみずいっこう）、産業スパイ小説を開拓した梶山季之（かじやまとしゆき）らが先達だ。その後の流れでは同時代性、問題意識、テーマ設定、リアリティーで高杉作品は際立（きわだ）っている。

その特色は泉のごとく紡ぎ出される独特の会話劇だ。今そこで交わされているような臨場感で会話が展開していく。本作も同様だ。七〇年前の会話や描写、情景がくっきりと再現されている。例えば担当保母の折笠雅子の描写だ。〈アルトの話し声もきれいだった。眼鼻立ちも整っている。濃紺のスカートに白いブラウス。白い運動靴は少し汚れていた〉。事実だからこそ、ディテールが創作を超えてリアルに浮かび上がる。

本作の執筆に際して高杉は「体験したことばかりだから取材がほとんど要らないんだ」と述懐していた。これは作家の希有な才能を物語っている。すべての作品の根幹を為す生々しい場面の再現は生来の才能だったのだ。

取材ノートを持たず、克明にメモも取るわけでもない。会食だと箸袋にメモを取る程度だった。それでリアルな会話劇が生み出せる。もちろん資料を読み込む作業は重ねているものの、本質をつかみとるセンサビリティーと非凡な記憶力、想像力の相乗効果が生み出す作品世界の大きさを思うにつけ、たぐいまれな才人だと感じ入る。

「ここまで執筆を続けてこられたのは、とにかく取材が好きで好きで仕方なかったからに他ならない。取材とは、様々な人生の紆余曲折から、嫉妬や野心、苦悩、姑息さ、さらには諦念、挫折、そして再起と、まさに人間の業を浮き彫りにする作業だ」（文春文庫『不撓不屈』あとがき）。

そうした資質の萌芽は、本作の亮平少年の行動に表れているように思えてならない。

■コロナ禍に負けず

高杉は二〇二〇年一月で八一歳になった。近年、肝臓がん、前立腺肥大、黄斑変性、眼底出血と相次いで病気に見舞われた。視力が衰えたためルーペを使いながらの執筆が続く。とはいえ創作意欲は衰えない。「書いているから元気でいられる」とばかりに、この『めぐみ園の夏』に続いてリーマンショックを盛り込んだ『リベンジ』、ITベンチャーに焦点を当てた『雨にも負けず』と次々と出版した。

「小説新潮」でかつて在籍した石油化学新聞時代の物語「破天荒」を連載した。めぐみ園を出た亮平少年は長じて業界紙記者になる。折しも日本の高度成長期だ。筆一本で八面六臂（はちめんろっぴ）に活躍する破天荒な物語は無類の面白さだ。

連載の最終回でこうつづった。〈整形外科病院で骨密度の検査をしたところ、「素晴らしい！　骨密度は五十三歳です」と言われたのは、一昨年夏だが、大いに気を良くし、作家生活を二、三年は続けられるような気さえしているが、思い過ごしかも知れない〉

コロナ禍に見舞われた今春も意気軒高だった。「ステイホームの期間中、歩くのが好きだから散歩して、家では連載の加筆作業に集中していた」。めぐみ園を出て七〇年。いまなお少年時代のみずみずしさで時代と向き合っているのが、高杉、いや亮平らしくていい。

（敬称略）

参考文献

高杉良『男の貌（かお）　私の出会った経営者たち』新潮新書、２０１３年
高杉良インタビュー「BIG tomorrow」青春出版社、２０１５年６月号
高杉良「破天荒」最終話「小説新潮」新潮社、２０２０年５月号
ほかに神戸新聞記事、インターネットサイトの記事などを参考にした。

（令和二年六月、神戸新聞文化部長）

この作品は平成二十九年五月新潮社より刊行された。

高杉良著

小説ヤマト運輸

配送革命「クロネコヤマトの宅急便」は、いかにして達成されたのか――。新インフラ誕生の全貌を描いた、圧巻の実録経済小説。

高杉良著

組織に埋れず

失敗ばかりのダメ社員がヒット連発の〝神様〟に！ 旅行業界を一変させた快男子の痛快な仕事人生。心が晴ればれとする経済小説。

高杉良著

出世と左遷

会長に疎んじられた秘書室次長の相沢靖夫。左遷にあっても心折れずに働く中間管理職の姿を描き、熱い感動を呼ぶ経済小説の傑作。

楡周平著

再生巨流

一度挫折を味わった会社員たちが、画期的な物流システムを巡る新事業に自らの復活を賭ける。ビジネスの現場を抉る迫真の経済小説。

永野健二著

バブル
―日本迷走の原点―

地価と株価が急上昇し日本全体が浮かれていた……。政官民一体で繰り広げられた狂乱の時代を「伝説の記者」が巨視的に振り返る。

野村進著

千年、働いてきました
―老舗企業大国ニッポン―

長く続く会社には哲学がある――。全国の老舗製造業を訪ね、そのシンプルで奥深い秘密に迫る。企業人必読の大ベストセラー！

城山三郎著
総会屋錦城
直木賞受賞

直木賞受賞の表題作は、総会屋の老練なボス錦城の姿を描いて株主総会のからくりを明かす異色作。他に本格的な社会小説6編を収録。

城山三郎著
役員室午後三時

日本繊維業界の名門華王紡に君臨するワンマン社長が地位を追われた——企業に生きる人間の非情な闘いと経済のメカニズムを描く。

城山三郎著
雄気堂々（上・下）

一農夫の出身でありながら、近代日本最大の経済人となった渋沢栄一のダイナミックな人間形成のドラマを、維新の激動の中に描く。

城山三郎著
毎日が日曜日

日本経済の牽引車か、諸悪の根源か？ 総合商社の巨大な組織とダイナミックな機能・日本的体質を、商社マンの人生を描いて追究。

城山三郎著
官僚たちの夏

国家の経済政策を決定する高級官僚たち——通産省を舞台に、政策や人事をめぐる政府・財界そして官僚内部のドラマを捉えた意欲作。

城山三郎著
黄金の日日

豊かな財力で時の権力者・織田信長、豊臣秀吉と対峙する堺。小僧から身を起こしルソンで財をなした豪商の生き様を描く歴史長編。

城山三郎著
男子の本懐
〈金解禁〉を遂行した浜口雄幸と井上準之助。性格も境遇も正反対の二人の男が、いかにして一つの政策に生命を賭したかを描く長編。

城山三郎著
硫黄島に死す
〈硫黄島玉砕〉の四日後、ロサンゼルス・オリンピック馬術優勝の西中佐はなお戦い続けていた。文藝春秋読者賞受賞の表題作など7編。

城山三郎著
冬の派閥
幕末尾張藩の勤王・佐幕の対立が生み出した血の粛清劇〈青松葉事件〉をとおし、転換期における指導者のありかたを問う歴史長編。

城山三郎著
落日燃ゆ
毎日出版文化賞・吉川英治文学賞受賞
戦争防止に努めながら、A級戦犯として処刑された只一人の文官、元総理広田弘毅の生涯を、激動の昭和史と重ねつつ克明にたどる。

城山三郎著
打たれ強く生きる
常にパーフェクトを求め他人を押しのけることで人生の真の強者となりうるのか？　著者が日々接した事柄をもとに静かに語りかける。

城山三郎著
そうか、もう君はいないのか
作家が最後に書き遺していたもの——それは、亡き妻との夫婦の絆の物語だった。若き日の出会いからその別れまで、感涙の回想手記。

葉室麟著　**橘花抄**

己の信じる道に殉ずる男、光を失いながらも一途に生きる女。お家騒動に翻弄されながら守り抜いたものは。清新清冽な本格時代小説。

葉室麟著　**春風伝**

激動の幕末を疾風のように駆け抜けた高杉晋作。日本の未来を見据え、内外の敵を圧倒した男の短くも激しい生涯を描く歴史長編。

葉室麟著　**鬼神の如く**
―黒田叛臣伝―
司馬遼太郎賞受賞

「わが主君に謀反の疑いあり」。黒田藩家老・栗山大膳は、藩主の忠之を訴え出た――。まことの忠義と武士の一徹を描く本格歴史長編。

横山秀夫著　**深追い**

地方の所轄に勤務する七人の男たち。彼らの人生を変えた七つの事件。骨太な人間ドラマと魅惑的な謎が織りなす警察小説の最高峰！

横山秀夫著　**看守眼**

刑事になる夢に破れ、まもなく退職をむかえる留置管理係が、証拠不十分で釈放された男を追う理由とは。著者渾身のミステリ短篇集。

吉村昭著　**高熱隧道**

トンネル貫通の情熱に憑かれた男たちの執念と、予測もつかぬ大自然の猛威との対決――綿密な取材と調査による黒三ダム建設秘史。

出口治明著
「働き方」の教科書
―人生と仕事とお金の基本―
今いる場所で懸命に試行錯誤する。でも仕事が人生のすべてじゃない。仕事と人生を楽しむ達人が若者に語る、大切ないくつかのこと。

大西康之著
ロケット・ササキ
―ジョブズが憧れた伝説のエンジニア・佐々木正―
ソフトバンク孫会長曰く「こんなスケールの大きい日本人が本当にいた」。電子立国日本の礎を築いたスーパーサラリーマンの物語。

前間孝則著
ホンダジェット
―開発リーダーが語る30年の全軌跡―
日本の自動車メーカーが民間飛行機を開発する――。この無謀な事業に航空機王国アメリカで挑戦し、起業を成功させた技術者の物語。

柳井正著
一勝九敗
個人経営の紳士服店が、大企業ユニクロへと急成長した原動力は、「失敗を恐れないこと」だった。意欲ある、働く若い人たちへ！

青木冨貴子著
GHQと戦った女 沢田美喜
GHQと対峙し、混血孤児院エリザベス・サンダース・ホームを創設した三菱・岩崎家の娘沢田美喜。その愛と情熱と戦いの生涯！

青柳恵介著
風の男 白洲次郎
全能の占領軍司令部相手に一歩も退かなかった男。彼に魅せられた人々の証言からここに蘇える「昭和史を駆けぬけた巨人」の人間像。

青山文平著 伊賀の残光

旧友が殺された。伊賀衆の老武士は友の死を探る内、裏の隠密、伊賀衆再興、大火の気配を知る。老いて怯まず、江戸に澱む闇を斬る。

青山文平著 春山入り

山本周五郎、藤沢周平を継ぐ正統派にして、全く新しい直木賞作家が、おのれの人生を摑もうともがき続ける侍を描く本格時代小説。

青山文平著 半　席

熟年の侍たちが起こした奇妙な事件。その裏にひそむ「真の動機」とは。もがきながら生きる男たちを描き、高く評価された武家小説。

重松　清著 くちぶえ番長

くちぶえを吹くと涙が止まる。大好きな番長はそう教えてくれたんだ——。懐かしい子ども時代が蘇る、さわやかでほろ苦い友情物語。

重松　清著 きみの友だち

僕らはいつも探してる、「友だち」のほんとうの意味——。優等生にひねた奴、弱虫や八方美人。それぞれの物語が織りなす連作長編。

重松　清著 ゼツメツ少年
毎日出版文化賞受賞

センセイ、僕たちを助けて。学校や家で居場所を失った少年たちが逃げ込んだ先は——。物語の力を問う、驚きと感涙の傑作。

帚木蓬生著　逃亡（上・下）
柴田錬三郎賞受賞

戦争中は憲兵として国に尽くし、敗戦後は戦犯として国に追われる。彼の戦争は終わっていなかった——。「国家と個人」を問う意欲作。

帚木蓬生著　風花病棟

乳癌と闘う泣き虫先生、父の死に対峙する勤務医、惜しまれつつも閉院を決めた老ドクター。『閉鎖病棟』著者が描く十人の良医たち。

帚木蓬生著　水神（上・下）
新田次郎文学賞受賞

筑後川に堰を作り稲田を潤したい。水涸れ村の五庄屋は、その大事業に命を懸けた。故郷の大地に捧げられた、熱涙溢れる時代長篇。

原田マハ著　楽園のカンヴァス
山本周五郎賞受賞

ルソーの名画に酷似した一枚の絵。秘められた真実の究明に、二人の男女が挑む！　興奮と感動のアートミステリ。

原田マハ著　暗幕のゲルニカ

「ゲルニカ」を消したのは、誰だ？　世紀の衝撃作を巡る陰謀とピカソが筆に託したただ一つの真実とは。怒濤のアートサスペンス！

宮本輝著　流転の海　第一部

理不尽で我儘で好色な男の周辺に生起する幾多の波瀾。父と子の関係を軸に戦後生活の有為転変を力強く描く、著者畢生の大作。

近衛龍春著　九十三歳の関ヶ原
―弓大将大島光義―

かくも天晴れな老将が実在した！　信長、秀吉、家康に弓の腕を認められ、九十七歳で没するまで生涯現役を貫いた男を描く歴史小説。

倉橋由美子著　大人のための残酷童話

世界中の名作童話を縦横無尽にアレンジ、物語の背後に潜む人間の邪悪な意思や淫猥な欲望を露骨に焙り出す。毒に満ちた作品集。

岩瀬達哉著　血族の王
―松下幸之助とナショナルの世紀―

38万人を擁する一大家電王国を築き上げ、数多の神話に彩られた「経営の神様」の生涯を新資料と徹底取材で丸裸にした評伝決定版。

井上ひさし著　父と暮せば

愛する者を原爆で失い、一人生き残った負い目で恋に対してかたくなな娘、彼女を励ます父。絶望を乗り越えて再生に向かう魂の物語。

梓澤要著　捨ててこそ　空也

財も欲も、己さえ捨てて生きる。天皇の血筋を捨て、市井の人々のために祈った空也。波乱の生涯に仏教の核心が熱く息づく歴史小説。

梓澤要著　荒仏師　運慶
中山義秀文学賞受賞

ひたすら彫り、彫るために生きた運慶。鎌倉武士の逞しい身体から、まったく新しい時代の美を創造した天才彫刻家を描く歴史小説。

D・デフォー
鈴木恵訳
ロビンソン・クルーソー

無人島に28年。孤独でも失敗しても、決してめげない男ロビンソン。世界中の読者に勇気を与えてきた冒険文学の金字塔。待望の新訳。

ヘミングウェイ
高見浩訳
日はまた昇る

灼熱の祝祭。男たちと女は濃密な情熱と血においに包まれて、新たな享楽を求めつづける。著者が明示した〝自堕落な世代〟の矜持。

デュ・モーリア
茅野美ど里訳
レベッカ（上・下）

貴族の若妻を苛む事故死した先妻レベッカの影。だがその本当の死因を知らされて――。ゴシックロマンの金字塔、待望の新訳。

スタインベック
伏見威蕃訳
怒りの葡萄（上・下）
ピューリッツァー賞受賞

天災と大資本によって先祖の土地を奪われた農民ジョード一家。苦境を切り抜けようとする、情愛深い家族の姿を描いた不朽の名作。

スティーヴンソン
鈴木恵訳
宝島

謎めいた地図を手に、われらがヒスパニオーラ号で宝島へ。激しい銃撃戦や恐怖の単独行、手に汗握る不朽の冒険物語、待望の新訳。

K・ウォード
城山三郎訳
ビジネスマンの父より息子への30通の手紙

父親が自分と同じ道を志そうとしている息子に男の言葉で語りかけるビジネスの世界のルールと人間の機微。人生論のあるビジネス書。

新潮文庫最新刊

今野敏著
棲月
―隠蔽捜査7―

鉄道・銀行を襲うシステムダウン。謎めいた非行少年殺害事件。姿の見えぬ〝敵〟を追え！　竜崎伸也大森署署長、最後の事件。

高杉良著
めぐみ園の夏

「少年時代、私は孤児の施設にいた」（高杉良）。経済小説の巨匠のかけがえのない原風景を描き、万感こみあげる自伝的長編小説！

石井遊佳著
百年泥
新潮新人賞・芥川賞受賞

百年に一度の南インド、チェンナイの洪水で溢れた泥の中から、人生の悲しい記憶が掻き出され……。多くの選考委員が激賞した傑作。

久坂部羊著
カネと共に去りぬ

今日、患者が死んだ――。『異邦人』『アルジャーノンに花束を』『変身』。名作が劇薬医療エンターテインメントに生まれ変わった！

近衛龍春著
忍びたちの本能寺

本能寺の変の真相を探れ。特命をおびた甲賀忍者たちが探索を開始した。浮上する驚愕の密約とは。歴史の闇を照らしだす書き下ろし。

月原渉著
鏡館の殺人

姿見に現れる「死んだ姉」。「ころす」の文字……。この館では、鏡が「罪」を予言する――。少女たちの棲む左右対称の館で何かが起きる。

めぐみ園の夏

新潮文庫　た-52-27

令和二年八月一日発行

著者　高杉良

発行者　佐藤隆信

発行所　株式会社新潮社

郵便番号　一六二―八七一一
東京都新宿区矢来町七一
電話　編集部（〇三）三二六六―五四四〇
　　　読者係（〇三）三二六六―五一一一
https://www.shinchosha.co.jp

価格はカバーに表示してあります。

乱丁・落丁本は、ご面倒ですが小社読者係宛ご送付ください。送料小社負担にてお取替えいたします。

印刷・大日本印刷株式会社　製本・株式会社植木製本所

ISBN978-4-10-130337-6 C0193